Meinem lieben
Enkel Benni
zu
Weihnachten 2010

Fritz von Herzmanovsky-Orlando
Der Gaulschreck im Rosennetz

Herausgegeben im Auftrag des Forschungsinstituts
»Brenner-Archiv«

www.residenzverlag.at

Neuauflage 2004 Niederösterreichisches Pressehaus
Druck- und Verlagsgesellschaft mbH, Residenz Verlag –
St. Pölten und Salzburg

Gestaltung, Produktion: typic®/wolf
Druck und Bindung: Ueberreuter Print
und Digimedia GmbH, Korneuburg
Printed in Austria
ISBN 3-7017-1381-2

.KUNST
bundeskanzleramt

TEMPEL DES RUHMES
F
F.H.O.

Fritz von Herzmanovsky-Orlando

Der Gaulschreck im Rosennetz

Eine Wiener Schnurre
aus dem modernden Barock

Herausgegeben von Susanna Goldberg

Mit Illustrationen des Autors

Residenz Verlag

ERSTES CAPITEL

Es war ein wunderlicher Zug, der sich durch den lind rieselnden Schnee vom Kärnthnerthortheater herbewegte.

Voran schritt, von seiner baumlangen, dürren Gattin sorgsam an der Hand geführt, der kaiserliche Hofzwerg im Ruhestande Zefises Zumpi, hinter ihm seine zwei ältlichen Töchter, von der Natur mit nur kümmerlichen Reizen bedachte Mädchen, und mit ihnen als Cavalier ein lang aufgeschossener Herr in steifer, würdevoller Haltung, der Hofsekretär Jaromir Edler von Eynhuf. Der pensionierte Hofzwerg kämpfte schnaubend gegen den spannenhohen Schnee und war sichtlich übler Laune, zumal er seiner ungleich großen Füße wegen etwas schwer ging.

Die Gattin lugte affenartig schnell mit den tiefliegenden Äuglein sorgsam nach Hunden aus, mit denen sie des Gemahles wegen in bitterer, nicht endenwollender Fehde lebte.

Wie häufig war es doch vorgekommen, daß der quieszierte würdige Beamte von einem solchen Untier gebeutelt, jeder Würde bar, schmutzbekrustet, gackernd vor Wut, von mitleidigen Passanten zu Hause abgegeben wurde.

»Die Höllteufel hat sich wieder einmal selbst übertroffen«, brach Hofsekretär von Eynhuf die Stille. »Wie s' die ›Spenadelarie‹ exekutiert hat – das hat schon nicht seinesgleichen – und schön ist sie, wie s' so mit dem feschen Spazierstock – wo die rosa Straußfeder oben war – daherkommt, in die grünen Tricots mit den goldenen Fangschnüren drauf – ich sag nicht wo – die verführerische Teufelin die …«

»No pfui, pfui«, fiel ihm Crispine, des Hofzwergs ältere Tochter, ins Wort, »ekelhaft war's, direkt indezent hab ich's empfunden, während hingegen der Čzwačzek mit dem schmelzenden Jubel in der Stimme mir direkt ans Herz gegriffen hat! Der große Künstler, der! Das ist, wie wenn ein Engerl mit schwarzem Vollbart singet! …«

»… Geh mit dem faden Čzwačzek weg, ja«, unterbrach Kiliane, die Jüngere, sie mit bissig näselnder Schnupfenstimme – »was ist das alles gegen 'n Jalowikar, den s' mit Recht den ›Fürst der Grazien‹ nennen, so ein feuriger Tänzer, was der ist …«

»Sehr mit Unrecht«, fuhr Eynhuf dazwischen.

»a: hat er zur Führung dieses Beinamens – so viel mir bekannt – keine behördliche Bewilligung

und b: hat der Mensch Plattfüße wie die Tschinellen. –

Das müssen selbst Sie mir zugeben: Wie der den ›Apfeltanz‹ im großen Ballet: ›Vertunmus und Pomonas silberne Hochzeit oder die Rache des verzauberten Obstkorbes‹, verpatzt hat, war einfach abscheulich. – So ein schwerfälliger Mensch darf eben nicht als Apfel verkleidet einen pa de däh mit einer genäschigen Brummfliege tanzen. – Wenn sein Bruder eben nicht Obersthoflöschhornputzer wäre, nie würde er, das sage ich Ihnen, beim Kammerballet mitwirken dürfen.

Tut mir leid, wenn ich vielleicht ein Ideal zertrümmere …«

Kiliane schwieg und seufzte mit nasalem Katarrhanklang laut auf.

Das Kunstgespräch hatte sein Ende und die kleine, vom Schnee wie überzuckerte Karawane war beim Zumpischen Wohnhause in der Walfischgasse angekommen.

Beim Abschiede, der kurz war – der mürrische Zwerg drängte ins Bett –, schnitt Mama Hofzwerg, mit dünnem, keifenden Organ zu Eynhuf gewendet, die Unterhaltung mit folgenden Worten ab:

»Wir danken Ihnen sehr für die freundliche Begleitung. Heute war es wirklich schön, und am Sonntag wird uns der Herr Hofsekretär von Eynhuf, wann er nach der Jausen zu uns kommt, die Spenadelarie auf der Flöte blasen.«

»Aber wo denken hin, Frau Hofzwerg«, wehrte Eynhuf bescheiden ab, »ich hab ja noch die ›Derwischtänze‹ – prächtige Suiten von Johann Nepomuk Hummel – zu üben – und die Spenadelarie, die bring ich nie zustande – bei die Pizzicatos und Staccatos werde ich fürchterlich stolpern, die sind kaum zu blasen, wo ich noch dazu keine Halbtöne hab ...«

»No, wär noch schöner«, fuhr ihn Frau Zumpi an, die unter der verschneiten, bänderreichen Capothaube aussah, wie aus altem Käse gebosselt – »da bin ich doch neugierig!« und streng funkelten den Sekretär die kleinen Affenäuglein und der demantene Nasentropfen an. »No, das möcht ich sehn, ob Sie's bis Sonntag können, ein Mann, der was sogar bei der Fußwaschung hat mitpfeifen dürfen – wie oft Sie das Hochamt bei St. Stephan mit Ihrem Flötenklang haben verzieren helfen, davon red ich ja gar nicht ...«

»Gute Nacht, hab Bauchweh«, murrte der alte Herr, der winzig zusammengeduckt im Schnee stand und mit seinem Stocke wüthend die Schelle zu erreichen trachtete.

Das hohe, finstere Tor tat sich auf, man blickte in einen von der Laterne des Hausmeisters schwach rötlich beflackerten Hallenflur des alten Barockpalastes, in dem des müden Hofzwergs Familie, die man wohl nur als Abfallsprodukt der gnädigen Schöpfung bezeichnen konnte, lautlos verschwand.

»... Wie eine Nußknackerquadrille ...«, dachte selbst Eynhuf, der ihnen gedankenvoll nachblickte. »Nein, pfui«, korrigierte er sich selbst im nächsten Augenblicke, »es sind würdige, angesehene Leute und mir gut gesinnt.

Hm. Aber ob ich mich für die Ältere entscheiden soll? Gewiß eine Ehre, in die Familie hineinzuheiraten, gewiß, ganz gewiß; finde überhaupt das Gefrozzel meiner Herrn Collegen nicht am Platze.

Na, mich kränken sie nicht, wenn's auch immer hinter mir heißt. ›Hofzwergs künftiger Schwiegersohn‹.

Am alten Beamtenstatus hätte man nie rütteln dürfen, das sag ich, und bloß den Wühlereien der verfluchten Freimaurer ist es zu danken, daß die Hofzwerge unmöglich wurden. Ja, der Sonnenfels!

Waren alle treue Stützen von Thron und Altar und jeder umstürzlerischen Strömung abhold.

Manch römischer Kaiser«, hier verbeugte er sich im Gedanken, »lieh den wackren kleinen Leuten gerne sein hohes Ohr.

Das müssen prächtige Herrn gewesen sein! Wie oft habe ich meinen Großvater selig davon reden gehört. Ganze Reihen glanzvoller Namen!« Er zählte für sich an den Fingern her: »Da waren einmal: die Einöhrl, Wimhölzl, die Zirps, der Tschwertschkarsch, den was August der Starke gelegentlich einer Serenade im Finstern zertreten hat –, der Hirnwimmerl, die Brüder Zirm, der Domhopf, der Kipfeldanz, der Balthasar Würmsieder, der Tümpeltey – der Woiselmayer, der Zitterzipf, der Krschiwoprd, der Schuschniak, vom unvergeßlichen Krschisch gar nicht zu reden – er soll der Erfinder der böhmischen Sprache gewesen sein – hör ich! Für einen schwermütigen Prinzen aus dem Hause Habsburg soll er sie ersonnen haben! Der ist davon gesund geworden, und seither soll bei Hof eine gewisse Vorliebe … aber pst!« Scheu sah er sich um … »Ja, weiter: der Grienpimpel, aus London, der Kniakal – der Wanzenböck – der was den Prinzen Eugen gestürzt hat – dann der Gobbi! Soll königliches Blut in den Adern gehabt haben – munkeln, hör ich, die Leute … war auch Savoyischer Leib-

F.H.O.

zwerg! – No, dann der Clemens Ritter von Cicerambuli – ein ehrfurchtgebietender Greis – hat mich selbst als Kind oft auf den Knien gewiegt – bei uns zu Haus haben lauter Hofzwerge verkehrt. –

Die haben's alle auf ihre alten Tage zu vergoldeten Equipascherln gebracht, manche mit vier Ziegenböcken – der Wanzenböck ist sogar nie anders als sechsspännig gefahren – bunte Bandeln auf die Hörner –, und die höchsten Damen sind hinten nachgelaufen und haben sich um die Ziegenbemmerln gerauft, um sie im Wäscheschrank als Glücksamuletterln zu verstreuen. – So weit hat's natürlich der gute Zumpi nicht gebracht, aber ich achte ihn hoch wegen seiner strengen Moral, der hat seine Töchter wohl behütet, sodaß ich sicher sein kann, eine Jungfrau in die Ehe zu bekommen. Und schließlich«, Eynhuf schlenderte, behaglich in seinen Radmantel gehüllt, seiner Wohnung zu, »ist der Mann vermöglich, ohne Zweifel.

Da hat er einmal die schöne Pension, 117 Gulden 27 Kreuzer, 19 Gulden 54 Kreuzer Quartiergeld, wenn ich nicht irre, was seinem Majorsrang – war Hofzwerg erster Klasse – entspräche.

Dann sein Geburtshaus in Krummnußbaum – so viel ich weiß schuldenfrei, und überdies muß er ja auch noch ganz nett daneben verdienen, mit den Leiden Christi und den sieben Schmerzen Mariae, die er, aus Holz, Moos und dergleichen gebastelt, in die Kirchweihflaschen macht, und die Apostelfiguren, die was er aus wirklich vom Ölberg herstammendem Straßenkot herausdruckt. No, und vom Herzog von Sachsen-Teschen, dem hohen Herrn mit dem feinen Kunstsinn, bekommt er manch hübschen Zwanziger zugesteckt, wenn er ihm beim Zurechtschneiden der Kupferstiche hilft. – Vom guten Tokajer gar nicht zu reden. Ja.

Am Ende würde er gar noch im Ruhestande«, er klopfte abergläubisch auf seinen Schuhabsatz, »unbeschrien! – wirklicher geheimer Oberzwerg –, da hätte er noch das

Extrabene, daß seine Frau, beziehungsweise die älteste Tochter, als landesfürstliches Privileg statt der bekannten Auskocherin, der Schmauswaberl, die allerhöchsten Überreste von der Hoftafel zum freihändigen Verkauf bekäme. (Wäre wohl eine schöne Zubuße zur Mitgift!)

Freilich, in besseren Zeiten hätte er vielleicht sogar den ›Exzellenz‹ bekommen – aber so –«

Mißbilligend das Haupt schüttelnd ging Eynhuf weiter.

»Und dann, richtig, ist noch ein kinderloser Bruder da, der was in Krummnußbaum die väterliche Ohrlöffelschmiede betreibt – verdient ein unmenschliches Geld – hat schon Ohrlöfferln geliefert für den lieben Heiligen Vater und den Großmogul gar, weit hinten in Calicut, da, wo vor vier Jahren die Gesandtschaft nicht hingefunden hat, und unverrichteter Dinge wiedergekommen ist. (War eine zuwidere Geschichte!)

Ist aber stolz und streng, der reiche Herr Gewerke, spricht kaum mit einem! Freilich, mit großen Herren ist nicht gut Kirschen essen.

Dem gehört auch der ›Silberne Floh‹ in Stadt Steyr, das große Einkehrgasthaus.

Hm. Dann wär noch die Tant in Krems da – gleichfalls jungfräulichen Standes wie ihr Bruder – mit dem Kropf und der seidenen Hauben. Wann die nur nicht eine Dummheit macht, mit der Ziehtochter, der Barbara Wispel! Gefallt mir gar nicht, das rothaarige Ding mit den verkehrt eingesetzten falschblickenden Augen.

Ganze Kisten Dukaten hat, hör ich, die Frau in ihrem Spukhaus – sieht man schon an den riesigen Reitern aus Lebzelt, die was sie den Nichten bringt, wann s' die ›Ordinari‹ erwischt, um nach Wien zu fahren.«

Unter diesen angenehmen Betrachtungen war der verzuckerte Sekretär zu seiner Wohnung im »Kleinen Querulantenhaus« gekommen, das still und friedlich in der silbernen Winternacht dalag.

Nach Calicut
EHO

Sperrte auf; seine Tritte knirschten leicht auf dem feinen Reibsand, mit dem die Kehlheimerplatten des Flures bestreut waren.

Eine schmale Treppe mit schwarz eiserner Greifstange führte hinauf. Schwacher, aber eiskalter Modergeruch entströmte einem kleinen Luftloch, dessen Zweck nicht recht ersichtlich war, und erfüllte den Spiralgang der Stiege. Eynhuf schüttelte den Mantel ab, sperrte die Tür auf und schlüpfte in seine Wohnung, deren Fenster ins Sodomitergassel gingen, so genannt nach der Bruderschaft »Zur fortdauernden Beweinung der Greuel Sodoms«.

Schlug Feuer, blies den Zunder an, bekam endlich Licht, setzte sich behaglich an den Schreibtisch und blickte etwas geistlos in die Kerzenflamme.

Allgemein galt er als schöner Mann. Glich er doch frappant den gewissen Männerbüsten, die sich in den Auslagefenstern von Vorstadtfriseuren in feierlich dummer Würde, bisweilen von leiser, nebelhafter Musik umquiekt, langsam im Kreise drehen. Leicht vergilbten Wachsteint im Gesichte, die schwarzlackierten Augen, wie die verendeter Rehböcke, blind vom Staub. Von unnachahmlich schäbiger Eleganz ist ihre Kleidung.

Laubfarbiger Frack, die Krawatte stets von himmelblauer Seide, verschossen, mit einer Fischschuppenperle.

Der weiche, dünne Bart dokumentiert eine vertrauenerweckende, sanft eingedämmte Männlichkeit.

Doch atmet die ganze Erscheinung eine gewisse – man könnte fast sagen: Bockbeinigkeit, ja ist imstande, den Eindruck von fast puritanerhafter Strenge zu erwecken.

Schärfer blickenden Beobachtern kann selbst ein Hauch, freilich bloß ein Hauch! von leichtem Teufeltum nicht entgehen, der über diesen Figuren brütet; unwillkürlich drängt sich die Idee auf, daß diese Herren geistige, vielleicht besser gesagt: mystische Großneffen der antiken Panshermen seien, daß sich in ihnen ein letzter Funke verschollenen Flurgöttertums in unsere Zeit hinübergerettet habe, vor pfäffischer Verfolgungswut untergekrochen bei den Friseuren, diesen letzten, freilich unbewußten, Dienern faunischer Wollust, diesen kundigen Templern Priaps, diesen heimlichen Narcissusknechten, denen das occulte Bindeglied zur korybantischen, zimbeldurchrauschten Zeit glücklich vermodert ist.

Aber was soll man sich da als bloßer Amateur den Kopf zerbrechen! Selbst der dem Heiligen Stuhle angegliederte Satanialrat Dr. infern. Damianus Saperdibixi hat das Rätsel noch nicht lösen können, das Rätsel der Panheit. So möge denn uns genügen zu konstatieren:

Sogar der ungezogenste Bube würde sich nie trauen, an diesen Idolen der Männerwürde einen Schabernack zu verüben, und bloß vom Lande zugewehte Fliegen sitzen zuweilen als störendes Beiwerk auf der stets würdevoll langen, leicht gekrümmten Nase des Bildwerkes. Von Eynhuf wohnte gerne im »Kleinen Querulantenhause«.

Schon ober der Haustüre war eine Statuette des Patrones der Ämter angebracht, des heiligen Ärarius, Blutzeugen und Märtyrers, der unter Diocletian einen qualvollen Tod durch Ersticken in glühendem Streusand gefunden hatte.

Wie Weihrauchwolken ein Münster erfüllte die Hallen dieses Gebäudes der Hauch fiskalischer Würde, der Abglanz von Titeln und kleinen Ordensabzeichen, vermischt mit den Todesseufzern zwischen Aktenblättern verhungerter Papierläuse.

Lauter höhere Beamte hausten dort. Da war einmal der Hofrat Unklar von Dobblworth, der Kammerkalligraph Futzler, der Rechnungsrat Kreibenzahl, die Sekretäre Zweifelschütz und Müchtelmann, endlich die Hauptleute der Trabantenleibgarde Stojesbal von Standschlaf und Quapil Edler von Sumpfritt. Aber der Stolz der Corona, das uneingestandene Oberhaupt aller, war ohne Zweifel die Jungfer Ursula Schosulan, mehrfach jubilierte ehemalige Kammerfrau der unvergeßlichen Kaiserin Maria Theresia.

Nur einmal hatte ein Musikus dort gewohnt ... wenige Tage nur. Dann litt es den unstäten Mann nicht länger ... Mit Naserümpfen gedachte Eynhuf des Auszuges.

Ein sechseckiger, tulpenförmig geschweifter Spucknapf aus Kirschholz, mit messingenen Löwenköpfen verziert, war der ganze Hausrat jenes Künstlers; den trug er selbst – noch dazu in der Zerstreutheit auf den Kopf gestülpt. Finster blickend ging er taktschlagend von dannen; Beethoven war sein Name gewesen. Der hatte nicht hingehört. Jetzt war man wieder unter sich. Doch halt!

Noch eine Partei paßte nicht hin: die Bubenzopfmädeln!

Der Vater war Ahnenprobenexaminatorstellvertreter II. Klasse im Kaiserlichen Hofhengstendepot gewesen. Ein unvermuteter Hufschlag, der ihn bei einem Nachmittagsschläfchen im Sorgenstuhle seines Amtszimmers ereilte, raffte den pflichteifrigen, verdienstvollen und zu den schönsten Hoffnungen berechtigten Mann in der Blüte seiner Jahre vorzeitig dahin und machte eine wackere Frau zur kummerbeladenen Witwe, die nebst 18 Blatt gerahmter Kupferstiche »Die berühmtesten Beschälhengste des Kaiserlichen Gestütes zu Lipizza«, wackeren Arbeiten eines sicheren Blasius Hampfelmeyer, bloß eine karge Pension und zwei unversorgte Töchter ihr eigen nannte. Aber was für Töchter! Eynhufs Stirne umwölkte sich unwillkürlich, wenn er an diese Bälger dachte!

Halbwüchsige Mädchen mit frechen Stumpfnasen, großen Mäulern und wissenden Augen. Immer waren sie schmutzig, immer sah man die bloßen Kniekehlen über den kleinbürgerlich kurzen, rot-weiß gestreiften Strümpfen, und den ganzen Tag trieben sie sich auf der Gasse herum oder steckten bei der Schmauswaberl, der alten Kammertafeldeckerswitwe, bei der die leckeren Reste der Hoftafel billig feilgeboten wurden.

Dort spuckten sie – unter dem Vorwande, der halbblinden Alten beim Kochen zu helfen – gerne in die brodelnden Töpfe, ritten vor Vergnügen kreischend auf dem

Nudelwalker Steckenpferd und verübten einen immer wiederkehrenden Schabernack mit den Bierflaschen der braven nichtsahnenden Geschäftsfrau, die dann manch erregte Reklamation zu beschwichtigen hatte, immer selbst kosten mußte und unverdienterweise in üblen Geruch kam. Kurz: Untat über Untat. Lieber gar nicht davon sprechen! Bekümmert ging Eynhuf zu Bette, um sich durch gesunden Schlummer für die Berufspflichten des kommenden Tages zu stärken.

ZWEITES CAPITEL

Nie betrat Eynhuf sein Amt anders, als mit einem Gefühl aus freudigem Stolz und gebührender Ehrfurcht gemischt.

Im Amtszimmer des Hofrates Sauerpfister, seines gestrengen Vorgesetzten, hing ein schönes Gemälde mit vielen tausend Figürchen: »Die Wallfahrt des gesammten Erbländischen Hochadels nach Maria Taferl an der Donau«, das er täglich abstauben mußte, da Sauerpfister diese heikle Aufgabe dem Amtsdiener nicht anvertraute.

Sorgsam entfernte er jede frisch dazugekommene Fliegenspur, besonders wenn dieselbe Ordenssterne oder dergleichen ungültig zu machen schien, und zwar mit Semmelschmolle, die er nach Gebrauch seinem zweiten Vorgesetzten, Sekretär Wanzenhengst, einem passionierten Zeisigzüchter, für dessen Mehlwurmhäferl überreichte. Das Gemälde sah er nie ohne tiefen Respekt, ja selbst mit leichtem Schauder an – war ihm doch bekannt, daß kein Nachkomme von denen, die damals bei dem Freudenzuge fehlten, je eine Ministerstelle in Österreich bekleiden konnte. So stand zu lesen im: »Clavis absconditarum rerum, seu liber de bicepitis Austriae aquilae confuso quasi, sed tamen directissimo volatu voluntate Domini Dominorum Septem collis Urbis Dominique directo«, das ist dem: »Schlüssel zu den Räthseln der verborgenen Dinge oder dem Buch über den scheinbar wirren, dem österreichischen Doppeladler jedoch vom König der Könige, auch Herrn der Siebenhügeligen Stadt vorgeschriebenen Fluge.«

Ungeheuer selten war das Buch – angeblich in Hauzenpichl gedruckt – aber jedes Kind wußte, daß in Hauzenpichl niemand drucken konnte.

Übrigens hätte es Eynhuf selber nie zu lesen gewagt, da solcherlei Schriften strenge verboten waren.

Im »Hortulus voluptatis dementiae praecocis« – dagegen, dem »Vergnüglichen Trottelgärtlein«, zu blättern, war ihm geradezu ein Hochgenuß. Belehrung hinwiederum, sowie nützliche Aufmunterung schöpfte er reichlich aus dem jetzt schon hübsch teuer gewordenen Drucke: »Reiseerlebnisse eines Handgängers oder Curieuse Beschreibung einer von Wien bis Passau, sowohl zur persönlichen Zerstreuung als auch zur Erweiterung seiner Bildung, jedoch nicht ohne Mühe, durchaus auf den Händen zurückgelegten sommerlichen Erholungsreise, benebst historischen und botanischen Adnotationen, sowie volkstümlichen Musikeinlagen, mit den bloßen Füßen auf dem Waldhorne zu blasen von Peregrinus Klebel von Pratzentanz, Landesfürstlich befugten, auch geprüften und beeideten bürgerl. Handgänger«, einem bekannten Sonderling, der übrigens das Vorbild war, das unsern unsterblichen Schubert zu seinem »Wanderer« begeisterte, was nur sehr wenige wissen dürften. –

Aber all dies war Eynhufs größte Freude nicht.

Nur mit Wonneschauern konnte er an dieses sein Privatlätitzerl, selbstredend reinster, jungfräulichster Natur, denken – an seine:

MILCHZAHNSAMMLUNG!

Die größte, vollständigste in den gesamten Erblanden, wie ihn alle Kenner versicherten.

Was gab es auch keuscheres als diese Perlenzähnchen der Unschuld, dieses Schmuckkästchen der Demut? Schien es ihm doch immer, als ob in rosa Wolken blaubebänderte

Lämmer unter Leitung eines ernstblickenden Oberlammes ein sanftes Concert auf krystallenen Triangeln schlügen, so oft er das Kästchen öffnete.

Und nicht etwa aus schmutzigem Geiz oder spinnefingriger Habgier gab er sich so unsägliche Mühe – nein! Für seinen Kaiser! IHM war die Frucht so vieler Jahre zugedacht, IHM sollten eines Tages die Zähnchen, appetitlich zum Tableau arrangiert, entgegenlachen, zur Jubiläumszahl seiner Thronbesteigung anmuthig zusammengestellt.

Jedoch, auch dieses Glück war nicht wolkenlos: Zum minutiös symmetrischen Aufbau der erhabenen Zahl fehlte gerade ein Milchzahn, ein Umstand, der Eynhuf viel Kopfzerbrechen machte. Ein weniger pflichttreuer, oberflächlicher Mensch hätte einen x-beliebigen Milchzahn genommen, aus weiß Gott was für einem mißgeborenen Munde, und das Tableau dem nächstbesten Papparbeiter zur Fertigstellung übergeben. Wie ganz anders dachte da unser Hofsekretär!

Es mußte, das stand bei ihm fest, der schönste sein, sozusagen der Fürst aller Milchzähne, der Zahn der größten lebenden, allgemein anerkannten Schönheit. Das war doch klar.

Aber: Wer war das nur? Oft und oft hatte er angestrengt nachgedacht und sich sogar beim Nasenbohren erwischt – nichts fiel ihm ein.

Da plötzlich – wie ein Wunder – stand es sonnenklar vor seinem geistigen Auge:

Gestern – Abend – Theater – die Höllteufel!

»No, da hat man's! Die Höllteufel! Jetzt war's gelöst, was mich beunruhigt und mir selbst die Erledigung des seit vielen Tagen so sehnlich erwarteten Verdauungsaktes versagte!«

Freudig tanzte er auf seinen schwarzen Storchenbeinen um den grünen Diplomatenschreibtisch herum, nicht achtend, daß er dabei den in Tragbuttenform gehaltenen mächtigen Papierkorb umschmiß. Zu allem Unglück öffnete sich die Türe – Hofrat Sauerpfister trat ein und musterte das tolle Treiben seines Untergebenen mit ernstem Blicke.

»Verzeihung«, murmelte Eynhuf, »ich gab nur meiner Freude submissest darüber Ausdruck, daß Seine Majestät, der König von Portugal, die Schafblattern glücklich überstanden hat, wie ich dem Amtsblatte soeben entnehme.«

Diese loyale Kundgebung befriedigte den gestrengen Amtsvorstand sichtlich und ließ ihn ganz vergessen, warum er gekommen war. Gemessenen Schrittes ging er in sein Sanctissimum zurück, um zum dritten Male zu frühstücken.

Die Diurnisten Kuscher und Schluckentritt ließen, als er durch das Vorzimmer schritt, emsig die Gänsekiele übers Papier rascheln – hatten sie doch, da das Amt fast ressortlos war, alle vorhandenen Akten nochmals in grüner Tinte mit schwarz-gelben Anfangsbuchstaben zu copieren.

Berauscht von der Eingebung, die ihm wie aus heiterem Himmel gekommen, saß Eynhuf still an seinem Schreibtisch und spielte ununterbrochen mit dem Falzbein bis Schlag drei Uhr, zu welcher Stunde der pflichttreue Beamte das Büro zu verlassen pflegte, um sich in sein gewohntes Speisehaus »Zur Flucht nach Egypten« zu begeben.

Dort war ein feinsinniger Kreis von Gleichgesinnten versammelt, die, nachdem sie das gemeinsame schwere, jedoch ehrende Joch der Amtspflichten an den Nagel gehängt hatten, sich in maßvoll gehaltenen Gesprächen, ganz auf dem Boden des »Wiener Diarium« fußend, zu unterhalten pflegten.

Um diese Stunde war auch Vater Zumpi ständiger Gast des Lokales. Er liebte es, sein Seidel schwarzen Café zu schlürfen und spielte seinen regelmäßigen Tarock mit noch zwei andern Hofzwergen, den letzten Überlebenden des einst so geachteten Standes, und dem gleichfalls pensionierten Hofriesen Simson Baumrucker, einem gebürtigen

F.H.O

Tiroler, der seinerzeit wegen seines Rosenkranzes aus Sechspfünder Kanonenkugeln nicht mit Unrecht gefürchtet und geachtet war.

Doch heute war der Mann harmlos, stocktaub und zitterte so arg, daß alles laue Bier im Lokale – der sogenannte Fensterschwitz – appetitlich schäumte.

Das machte ihn in weiten Kreisen beliebt und sicherte ihm die Wertschätzung von seiten des Wirtes. Der Riese schlug dröhnend mit den Karten auf den Tisch, die Zwerge quäkten und krächzten, doch Eynhuf ließ sich nicht stören, schlürfte seine Suppe und blätterte mit einem Zahnstocher in einem sogenannten Fingernagelkalender hin und her, einem winzigen Büchlein, in dem er so gerne las – waren doch alle Geburtstage der höchsten Herrschaften darin verzeichnet, Hof-Normatage und alles, was sonst ein loyaler Mensch wissen mußte.

Der Lärm am Zwergentisch wurde immer ärger. Sie hatten zu spielen aufgehört, verständnislos glotzte der taube Hofriese seine Partner an und schleifte verlegen mit seinen klobigen Händen, die mit krapfengroßen Hühneraugen reich besetzt waren, am Fußboden hin und her.

Achtungsvoll grüßend setzte sich Eynhuf an den Spieltisch und konnte allmählich dem erregten Gespräch entnehmen, daß es eine hitzige Debatte ob der Anmaßung der neuen Hofbediensteten gegeben hatte. So viel stand fest: Zumpi hatte einen Todfeind. »Was glauben S', was ist heute geschehen?« wandte er sich an Eynhuf. »Wir haben eine Neujahrskollekte für den Waisenfond der Hofspaßmacher und Hofkünstler eröffnet, und da hab ich mich an einen gewissen Beethoven, einen Mann, der zur Zunft der Hofpfeifer gehört, gewendet.

Der grobe Ding der – stocktaub ist er – hat mich zuerst gar nicht gesehen, dann hat er mir mit der Fliegenklappe gedroht und heut auf der Straße hat er mich sogar mit'n Stock schlagen wollen.

Ein unfriedlicher Mann das, der nie a Köchin hat, muß sich selber kochen, hat jeden Tag an mords Bahöll am Aschenmarkt, wann er einkauft! Alle drei Täg ziegt er aus, nächstens kommt er wieder ins Querulantenhaus ...«

»Oho, da werd ich bitten!« verwahrte sich Eynhuf. »Mit so einen unmusikalischen Menschen wie der kann ich als, Gottlob! geschmackvoller Musiker nicht unter einem Dach leben.

Übrigens hat er die Noten für den Futzler, hör ich, schlecht copiert und der Herr Hofrat Unklar hat ihm die Violinstunden für seinen Herrn Sohn längst entzogen.

Aber warten Sie: Der Beethoven ißt jetzt schon öfter bei der Schmauswaberl um sieben Kreuzer zu Mittag, brütet dumpf vor sich hin und hat unlängst mit einem Indian Knochen die ganze Zeit Takt geschlagen. Hat gar nicht gemerkt, wie die Bubenzopfmädeln dürren Hundsmist in seinen am Boden stehenden Zylinder gegeben und ihm mit Kreide eine grobe Unanständigkeit auf den Rücken gemalt haben. – Hab da ausnahmsweise ein Auge zugedrückt ...«

»Recht ham S' g'habt«, murrte der Zwerg, »aber die Rabenviecher sollt man dem Schinder geben ...«

»So, haben Sie vielleicht auch üble Erfahrungen gemacht, Herr von Zumpi?« erkundigte sich teilnehmend der Sekretär.

Doch Zumpi erhob sich, sah Eynhuf mißtrauisch an, griff murmelnd nach seinem struppigen Zylinder und entfernte sich.

Beklommen fragte sich Eynhuf, ob er durch eine taktlose Frage sich die Gunst des Zwerges verscherzt habe; daß da etwas nicht stimmte, schien ihm außer Zweifel. Zahlte und ging.

War er doch um vier Uhr zur Jause bei der alten Schosulan eingeladen, eine große Ehre, die er nicht versäumen durfte.

DRITTES CAPITEL

Durch den enormen Einfluß, den die würdige Ursula Schosulan auf Seine Eminenz, den Bischof in partibus infidelium, Chrysostomus Schoisgruber ausübte, hatte die würdige Ursula das Wohl und Wehe der Hofbeamten in ihren knotigen, feuchtkalten Händen, die so oft die langverewigte Kaiserin Maria Theresia bedient hatten.

Mit Vergnügen pflegte die alte Dame, wenn sie gerade keinen mürrischen Tag hatte (die goldene Ader plagte sie grausam), von der guten, langentschwundenen Zeit zu erzählen:

Daß die hohe Frau zum Frühstück stets einen viertel Eimer Schokoladi und einen ganzen, frischbachenen vierpfündigen Stritzel zu genehmigen pflegte; ein halbes Dutzend Bachhendeln und Käs beendeten in der Regel dieses erste Frühstück, mit dem die Grundlage zur Zehnuhrjausen gelegt war.

Die hohe Frau hatte auch, wie sie mit historischem Behagen zu erzählen wußte, einen Lieblingsleibstuhl, der mehrere zierliche Gavotten, verliebte Schäferweisen auf der Drehleier und ein mächtiges Musikstück: »Die Erstürmung von Pampeluna« zu spielen verstand – alles ein Geschenk ihres später von den Freimaurern ermordeten hohen Schwiegersohnes, des höchstseligen Königs Ludwig XVI. von Frankreich und Navarra. Jedesmal kamen der alten Frau die Thränen in die erlöschenden Augen, wenn sie der grausen Historie gedachte.

Dann schnupfte sie düster und fuhr fort: »... Besonderscht liebte die hohe verewigte Frau das mächtige Musikstück, das von Tschinellen ernst und würdig begleitet war.«

»Einmal«, erzählte flüsternd die alte Kammerfrau, »im Hochsommer war's, das Jahr weiß ich nimmer – is schon lang her – sprach die Kaiserin zu meiner: ›Schosulan‹, sprach Hochdieselbe, ›höre sie‹, hat die hoche Dame zu mir gesagt, ›höre sie, wie traurig daß heunt die Tschinellen tun? Meiner Seel, heunt is was geschehen, das gräßlich für unser hoches Ohr zu hören sein wird.‹ – Und richtig, drei Wochen später, an einem Freitag war es, kommt um die nämliche Stund neben einem schaumbedeckten Roß – der Reiter war schon hinter Regensburg heruntergefallen – ein Laufer mit rot-weißen Straußfedern atemlos in die Burg gerennt und meldet, daß die Freimaurer und Freunde der Unzucht die Baschkill – oder wie daß sie sich schreiben tut – gestürmt habn. Was dann alles war – mag nimmer dran denken.«

Niemals traute sich jemand, die alte Frau, die schon alles ein bißchen durcheinander mengte, auf den groben historischen Schnitzer in ihrer Lieblingserzählung aufmerksam zu machen.

Eynhuf eilte geschwind zum berühmtesten Zuckerbäcker Wiens, Friedrich Knecht, in die Wohllebengasse, denn mit leeren Händen durfte er unter keinen Umständen kommen. Atemlos stürmte er ins Arbeitskontor des würdigen Herrn, der nie anders als in einem weißen Schäferkostüm zu arbeiten und in den Pausen auf einer kleinen Schalmei Mozartsche Weisen voll anmuthiger Neckerei zu dudeln pflegte.

Niemand sah dem heitren Greis mit dem warmsonnigen Lebensabend seine hochdramatisch bewegte Vergangenheit an.

F. H. O.

Einer reichbegabten Künstlerfamilie entsprossen und frühzeitig zum Zuckerbäcker bestimmt, wollte er, verblendet durch den Siegeszug, den der sogenannte Bärendreck oder Bärenzucker über die kulinarische Welt nahm, einen neuen Stern am Kanditenhimmel aufgehen lassen, den sogenannten Hühnerdreck.

Das Publikum benahm sich ablehnend. Auch die Änderung des Namens in »Hühnerzucker« machte die Sache nicht besser. Knecht wurde tiefsinnig und begann zu grübeln, haderte mit Gott und der Welt und ward schließlich sogar seinem Glauben abtrünnig.

Um ihn auf andere Gedanken zu bringen, drängte ihn seine besorgte Familie, auf Reisen zu gehen. Dies tat er und begab sich nach Andalusien, um endlich einmal Licht in die sehr verwickelte Geschichte des spanischen Windes zu bringen. Dort wurde unglücklicherweise sein Glaubenswechsel entdeckt und er als geheimer Protestant zum Feuertode verurteilt.

Sein Glück war, daß das außergewöhnlich strenge Borkenkäferjahr 1767 einen solchen Holzmangel zur Folge hatte, daß man den Inquisiten zum Strafvollzug in seine Heimat abschob, deren traumhaft schöne Wälder schon längst den Neid der spanischen Inquisition erregt hatten.

In dem bedeutend milder gesinnten Wien rettete er sich dadurch, daß er ein wahres Wunderwerk aus Zucker und Marzipan schuf: Der »Türk vor Neuhäusl« hieß es; selbst das Mündungsfeuer der schweren Artillerie war aus gesponnenem Zucker, rot und golden angestaubt.

Bei Hof war man entzückt. Tag und Nacht mußten vier krummbeinige Hayduken mit vergoldeten Säbeln auf Fagotten und Dulzianen die dazu passenden Weisen blasen.

Leider fraß nach wenigen Tagen in der Zerstreutheit eine hohe Dame, die in interessanten Umständen war – ehe es noch die diensthabende Palastdame, Baronin Kempff von Ankreth, verhindern konnte – das Kunstwerk mit Putz und Stengel auf.

Zahllose Ohnmachten gab es bei Hofe – es wurde Stroh gestreut – aus Mitgefühl auch vor Häusern streng loyal gesinnter, aber sonst ganz gesunder Leute – die Militärmusik spielte bloß noch auf schwarz umflorten Baßinstrumenten – die Hofärzte schüttelten den Kopf, sprachen von melancholischen Vapeurs, wohl auf üble Saturneinflüsse zurückzuführen.

Das weinende Volk ward durch Bulletins und Ausrufer beruhigt und zahllose Bittgänge angeordnet, die kreuz und quer die Straßen durchwimmerten.

Überraschend schnell stellte sich wieder reger Appetit ein, und Knecht ward Hoflieferant.

Der Meister modellierte gerade an einem kleinen Schweizerhause mit Spiegelglasfenstern, buntröckigen Sennerinnen auf giftgrüner Matte und scheckigen Kühen – alles aus Tragant – sah von der Arbeit auf und begrüßte Eynhuf mit den Worten: »Ich empfehle mich Ihnen, mit was kann ich dienen?«

»Bitte ein Achtel Pfund Bärendreck wie immer und ein Viertel Pfund große, gestreifte Zuckerln.«

»So, so, Besuchsmischung«, meinte Knecht, brüllte mit Donnerstimme in den Warenraum: »Marie!« Dann blies er einige Takte aus der »Entführung aus dem Serail«, worauf eine ältliche, etwas kropfige Ladnerin erschien und das Gewünschte dröhnend auf die Messingwaage warf.

»Macht elf Kreuzer Münz«, meinte der Conditor. Eynhuf bezahlte und eilte mit wehenden Frackschößen davon – erreichte knapp vor vier Uhr das »Kleine Querulantenhaus« und stürmte athemlos die Treppe hinauf. Keuchend pochte er an der Wohnungstür der Schosulan und stand im nächsten Augenblick in der Küche, in der es köstlich nach Café duftete. Diente doch dieselbe wie in allen honetten Bürgerswohnungen gleichzeitig als Vorzimmer.

»Beeilen S' Ihnen«, sagte Mali, die Köchin, »sie sein alle schon da! Sein wieder amal der Letzte und staubige Schuh haben S' auch! O weh – aber nur schnell hinein.«

Eynhuf trat in das geräumige, dabei niedere Zimmer mit den weißen Spitzenvorhängen an den Fenstern.

Auf tadellos gescheuerter Diele lag ein kleiner bunter Gobelinteppich mit Papageien, die an Obst pickten. In der Mitte, am runden Tisch waren die Cafégäste versammelt. Bei seinem Eintritt verstummte das Gespräch und machte einem Flüstern und Tuscheln Platz, dem weniger befangene Hörer etwa folgendes hätten entnehmen können:

»... und reine Nägel – Casimirhosen hat er an – einen pariserblauen Frack – ein schöner Mann – das geistvolle Aug – viel zu schön für die Hofzwergischen – die eine hat an Kropf – die andre a ausgfranstes Nasenloch – bucklig san s' beide!« – so wisperten die Schlangen am Jausentisch.

Majestätisch thronte die Schosulan in einem vergoldeten Lehnstuhl.

Die drei »Zischischen« waren anwesend, Mutter Zisch und die beiden Töchter: Annerl und Poldi; dann die zwei Fräuleins von Kibisser, verblühte, kümmerliche Geschöpfe, die sich mühselig durch Anfertigung pergamentener Heiligenbilder mit kunstreicher, spitzenartiger Ausschneidearbeit ernährten; dann die Witwe des Paramentenstikkers Schandhaase, das reiche Fräulein von Ludersdorf mit dem bisweilen irren Blick derer, die gebranntes Wasser lieben.

Die protzige, ordinär aussehende Hofmetzgerswitwe Beischl, das ältliche Fräulein von Fackelstein mit dem gräßlichen Feuermal und einem Fleckchen Mausfell an der Wange.

Jeden Augenblick sprang sie auf und betrachtete mit einer Lorgnette mit viereckigen Gläsern irgend etwas im Zimmer. Auch ein Geistlicher war da, ein junger, bleicher Mann mit scheuem, stets abgewandtem Blick, schief verzogenem Gesicht und dünnen langen Fingern.

Die würdige Gastgeberin blickte gierig auf das Zuckerlpaket, das Eynhuf in der Hand hielt, und dankte ihm mit speichelnden Lippen. Schnell schob sie eine Hand voll

Bärenzucker in das ungeheure, emsig wackelnde Maul und machte Eynhuf mit dem ihm noch fremden Cooperator von Pischelsdorf bekannt.

»Wie?« meinte Eynhuf.

»... von Pischelsdorf«, stammelte erröthend der geistliche Herr.

»... wir wollen gerade eine Eingabe vorbereiten«, schnatterte die Corona durcheinander, »den guten Kaiser zu bitten, den Namen in Aloysiusdorf umzuändern.«

Eynhuf, der vielbegehrte Cavalier, wurde zwischen das Zischannerl, ein knallrotes, schielendes, noch sehr junges Ding, und die welterfahrene Demoiselle Ludersdorf geschoben. Die flüsterte ihm zu, der Herr Cooperator habe gerade von so furchtbar beklagenswerten Unsittlichkeiten gesprochen, die er in seiner Gemeinde aufgedeckt hätte, daß die ganze Cafégesellschaft entsetzt aufgestöhnt habe.

Mit besorgter Trauermiene brockte der Hofsekretär ein Kipfel in seinen Café und stocherte mit leisem: Je! Je! in der quellenden Masse.

Dann wurde nichts mehr gesprochen; die üppige Jause ließ sobald niemanden mehr zu Worte kommen. Nur ein leises Schlürfen hörte man und ein Klickern der zarten milchweißen Tassen, die goldene Harlekinszenen in reichster Anmuth schmückten. Es waren prunkvolle Stücke aus Meissen, deren sich die Gäste bedienten, während die Hausfrau aus ihrer eigenen Mundtasse, einem sehr altertümlichen Porzellan trank, das ihr, wie sie erklärte, der selige Bottengruber eigenhändig bemalt habe.

Mächtige Gugelhupfe gab's und Berge von Krapfen, Buchten und Kletzenbrot, so daß das Schmatzen und Schnalzen kein Ende nahm; bloß Fräulein von Fackelstein sprang immer kauend umher, nahm den Trinkenden die Tassen vom Mund, um die Malerei zu studieren, oder betrachtete die großen Pergamentminiaturen an den Wänden, wo Dutzende von Kaiserlichen Prinzen auf Ziegenböcken reitend dargestellt waren.

»Brave Arbeiten von Meytens«, meinte die Schosulan, »und wie s' glänzend, was? Soll auch die Farben mit Mohrenschweiß angerieben haben, sagt man – das fleißige Manderl. Hat drei Jahr daran herumgepimpserlt. Hat mit an Löfferl geschnupft. Satanellasco Damasceno und Sospiri di Donna Anna gemischt, an bisserl gepulverte Pomeranzenläus waren auch dabei. War a gute Mischung. Dös hat Ihnen gerochen! Wie a Bauerngartl im Frühling hat man's da in der Nasn ghabt! Kriegt man a nimmer! O, die Zeiten, die Zeiten!«

Am meisten aber interessierte sich das Fräulein mit dem Mausfellchen für eine Plastik aus Perlmutter und Korallen, das bienenstockartige Innere eines barocken Irrenhauses darstellend. –

»Hat ein gewisser Xaver Messerschmied gemacht, ein Preßburger. Hat Hofbildhauer werden sollen. Ihrer Majestät hat aber nicht gefallen. Da hat die hohe Frau es mir zu Weihnachten verehrt. Was der Messerschmied war, hat dann bloß Nußbeugeln backen därfen in der Hofkuchl. Is dann bald aus Gram gestorben.

War schad um ihn, waren delicat!«

Bald erhob sich der Eynhuf, küßte der gnädigen »Frau Tant« die Hand und dankte für die gute, reichliche Jause. Noch etwas kauend, bat er schmeichelnd:

»Darf ich heut wieder beim Leibstuhl die ›Papiergoldblumengavotte‹ studieren? Die is so scheen …«

»Ja, gehn S' nur«, sagte gnädig die Alte, der es stets sichtlich schmeichelte, wenn – in ihren Augen – talentierte Musiker sich lobend über die ehrwürdige musikalische Sitzgelegenheit, dieses wahre Schatzkästlein Apollos, äußerten. »Ja«, sagte sie, »da ist ein neuer Hoforganist – glaub, Peter Hofer heißt er –, dem tät's auch nit schadn, wann er ein bisserl beim Leibstuhl lernet! Hab's ihm freundlich anboten … Sie, den frechen Burschen hätten S' hören solln! Kann gar nicht wiederholen, was er gesagt hat.

Aber ich war gleich fertig mit dem rabiaten, undankbaren Menschen. Dem Bubenzopf selig hat er's genau so gemacht, wie er ihm die schöne Stell als Bombardonbläser in der Kaiserlichen Hengstendepotkapelle hat zuschanzen wollen. – Jetzt hat er's davon! Also hab ich dem Paulus Bitterbier die fette Pfründe verschafft als Gesangslehrer im Taubstummeninstitut – gewiß a angenehme Sinecur! Hat 400 Gulden und bleibt ihm daneben viel freie Zeit.«

Kaum war Eynhuf verschwunden, stand Annerl Zisch auf, schielte verlegen und hatte den Finger im Munde.

Leise sagte sie: »… Mutter, ich möcht was.«

»Was denn?«

»Bittscheen, Muttr, darf ich hinaus gehn, bissel Blumen pflicken?« Niemand bemerkte dies zierliche Intermezzo des wohlerzogenen Kindes.

Nach einigen Minuten bat auch Poldi, die den ganzen Nachmittag wortlos vor sich hingestarrt hatte: »Muttr, ich auch.«

Als beide draußen waren, wandte sich Mutter Zisch an die alte Schosulan und sang das Loblied der Kinder.

»Ich hab eben die Mädchen fein erzogen. Nie, daß sie eine Sache beim richtigen Namen nennen würden! O, das gibt's bei mir nicht! Also, was die Annerl ist: hochbegabt! So was von musikalisch! Spielt die schwersten Etüden von Poprdatsch geläufig wie Butter herunter, no, und tanzen lassen wir sie beim Crachefin lernen, und später kommt auch Reiten daran beim Hopjan, und ihr Ideal wäre: Zum Ballet! Wenn's ein solides natürlich, gäbet! Warum, frag ich, kann nicht auch einmal ein wirklich anständiges Beamtentöchterballet gebildet werden, in langen Kleidern und mit Barchenthosen bis zu die Knöchel, geschlossen, natürlich. Und was die Poldi ist, also die ist mehr ernst, der ganze Vater, ja mein! Wie gesagt, mehr completativisch.«

Annerl, die wieder erschienen war, bat schmeichelnd: »Muttrl, darf ich ein bisserl zum Leibstuhl, zuhören?« Es drangen aber auch zu verlockende Klänge aus dem

F.H.O.

Nebenzimmer. Eynhuf hatte zuerst ein wenig auf der Flöte präludiert, dann am Stuhl gebastelt, der anfangs bloß widerwillig knurrte und verworrene Töne von sich gab. Doch dann drangen voll und dabei wieder zart die entzückenden Klänge des Liedes:

C'est trop facheux d'estre tousjours seulette,
mon Jehannot, t'attend ta petite filette –

durch die Türe. Di Dum, Di Dum machte melancholisch die Drehleier dazu. Doch wenn die gläsernen Zimbeln und Triangeln erklangen, nickte der Reichsadler an der Spitze der Lehne und schlug majestätisch mit den Flügeln, was er auch konnte.

Die Schosulan, die es um die überreichen Jausenreste bangte, schlug vor: »Gehn mr alle hinein und machn mr a bisserl Musik!«

Folgsam versammelten sich die lieben Gäste im Nebenzimmer, des kommenden Ohrenschmauses gewärtig.

Frau Zisch begab sich ans Spinett und öffnete eine Notenrolle, die sie in ihrem winzigen rotgefütterten Persianermuffe getragen hatte.

JUBELHYMNE
anläßlich der glücklichen 18ten Entbindung Ihrer Hoheit
der Durchlauchtigsten Frau Fürstin Clementina Aurora
von Luhatschowitsch,
gesetzt für 2 Clavecins von François Poprdač,
très humble Serviteur

konnte man unschwer am Titelblatte lesen.

Den Cooperator forderte Ursula huldvoll auf, die Baßgeige ihres seligen Gatten zu benützen, doch er, weltlichen Freuden abhold, lehnte steif ab. – Bald hatte man das Vergnügen, die Damen in züchtigen Tänzen sich bewegen zu sehen.

Die Kibissers drehten sich in steifen, langverschollenen Gavotten und knixten hölzern voreinander. Selbst Tante Schosulan nickte den Takt mit der mächtigen Haube – bloß Frau Beischl saß bleich auf ihrem Stuhle, seufzte sichtlich schwer: »Mein Herz, mein Herz!« und meinte den Magen, um plötzlich scheu zu verschwinden.

Jäh unterbrach Mali, die hochrot vor Entrüstung unerwartet ins Zimmer stürzte, die vergnügten Tänzer: Draußen am Gang, so hatte sie, durch den Lärm aufmerksam gemacht, durch das Guckloch gesehen, schlügen die Menscher, die Bubenzopfmädeln, zum Takte der Musik Rad, Herr Hofrat von Unklar stünde die ganze Zeit vor Empörung bewegungslos am Treppenabsatze und blicke unverwandt, vor Entsetzen starr, auf dieses schamlose Schauspiel. Nicht genug an dem, wäre der Frau Beischl ein furchtbares Malör passiert, da die Zischpoldi sich natürlich schamhaft eingeriegelt habe und absolut nicht aufzuwecken sei. –

Die Tanzmusik verstummte, alles empfahl sich verstört. Mama Zisch ging einen Schlosser auf eigene Kosten holen, und man hörte noch die Schosulan streng zum Dienstmädchen sagen: »… nie mehr hinein lassen … in Zukunft wird für sie das blaue Nachtgeschirr vom Seligen in die Speis gestellt …«

Im Schluff der schmalen Stiege suchte Annerl Zisch die Ludersdorf, die den Hofsekretär schmachtend ansah, durch ein molliges Manöver zu verdrängen. Mit dem einen Auge wußte sie dabei den Sekretär mit zart verstohlener, schelmischer Zärtlichkeit anzublicken, die Ludersdorf dagegen verachtend und feindselig.

»Merkwürdig«, dachte sich Eynhuf, »was für einen Zauber ich doch auf die Weiber ausiebe – selbst das scheue Tauberl da flattert mir auf den schützenden Finger! Vielleicht mechts ein Nesterl drauf bauen! So sein s' halt alle, die Evastöchter.«

Als er dann sein gemütliches Stübchen betrat, gingen ihm mancherlei Beobachtungen durch den Kopf:

FHO
1921
MERAN
TYROL

»Also, die Zischischen spitzen auf dich! Hab bis jetzt das Kind, die Annerl, gar nicht beachtet … verflucht hibsch ist sie geworden, bis auf das bisserl Schielen … was andres wie die Hofzwergische … hibsch rosig und mollig … die Zwergische dagegen gelb im Gesicht und hager, und an Gang hat sie, wie a kranke Kuh, sagt immer der Archivdirektor in Ruhe, der Großkopf! Ja die Zischischen! Vermögen haben s' wohl wenig – die Mutter war zwar Hofamme, da ist sie also aus angesehener Familie, und er, als pensionierter Cassier der Obersthofjagdcassa, hat auch nicht viel.

Das bisserl Nebenverdienst, das er sich durch das Abstauben der dem Maria Theresienorden angegliederten Kaiserlichen Militärkäfersammlung macht, ist auch blutwenig. – Muß ibrigens einmal mit dem Commandanten der Sammlung über ihn sprechen, dem Major Krachovina von Bombensprung! Na und was sie ist, die tut gar nichts den ganzen Tag als mit dem Kind spazieren gehn … du mein! Dabei ist die Kleine fast zu hübsch für eine Tochter aus guter Familie … Allerdings hat mich der gute Großkopf väterlich gewarnt, die Ehe mit einer Zwergtochter kann leicht ein bissel zurückgebliebene Kinder nach sich ziehn – aber dafür haben selbe einen Hofbeamten und treuen Staatsdiener als Großvater … Das entschädigt für so manches.«

In diesem Zwiespalt griff er zum Schächtelchen mit den Milchzähnen (sein kleines Palladium), das ihm schon über manche trübe, sorgengraue Stunde hinweggeholfen hatte.

Immer wieder malte er sich aus, was für eine Freude sein gütiger Landesfürst über die sinnige, noch nie dagewesene Überraschung haben würde, immer wieder sieht er im Geiste den Freudenstrahl, der über das wohlwollende, doch ernste Antlitz des Monarchen huscht, wenn er das selbstverständlich in den Nationalfarben gehaltene Seidentuch von dem Tableau wegziehen wird.

Dann würde er, Eynhuf, knieend deklamieren:

1
Es lächeln DICH, o bester aller Fürsten,
Der Unschuld Perlenzähne an.
Sie sei'n ein Zeichen DIR, wie alle Herzen dürsten
Aus Lieb' zu DIR, wie's nur die Herzen dürsten kann.

2
Ein treues Herz schlägt unter meinen Brüsten,
Drum flocht ich DIR die Jahreszahl mit Fleiß,
Wenn diese Zähnlein alle doch es wüßten,
Wie lieb ich DICH, o Fürst, zu haben weiß!

3
Wenn alle Zähnlein sprechen können würden,
Es sprächen alle, tiefbewegt, doch keck:
Wir beißen gern für DICH, DIR alle Bürden,
Die etwa, Hoher, DICH bedrücken, weg!

4
Und würd' es sich für einen Hofbeamten schicken,
Ich möchte selbst als Millichzahn hier picken.

Gerührt würde ihn der hohe Herr emporheben und ihm sagen: »*Baron* Eynhuf – stehen Sie auf!« Ganz leise würden die Partisanen der gerade diensthabenden Hartschiere klirren, und der Erzbischof du jour hinter dem Landesherrn würde segnend die Hände auf sein Haupt legen.

Im selben Moment klatschte es auf seinem Schreibtisch, und empor fuhr er aus seinen Träumen.

Was man nach ihm durchs offene Fenster geworfen hatte, und was nun zerbröselt vor ihm lag, war eine vielfach mißachtete Kleinigkeit, durch die sich die treuen Helfer der Menschheit, die wackren Pferde, bei ihrem allerdings geringen Ordnungssinn den kommunalen Straßenreinigungsbeamten so oft unbeliebt machen.

»Weiß schon, wer's war«, meinte der resignierte Träumer, – »Herz, sei ruhig, Manneswürde lodre nicht auf – die Rangen sind nicht wert, daß man ihrer achtet. Pfui über das verdorrte Reis am Hofbeamtenstamme!«

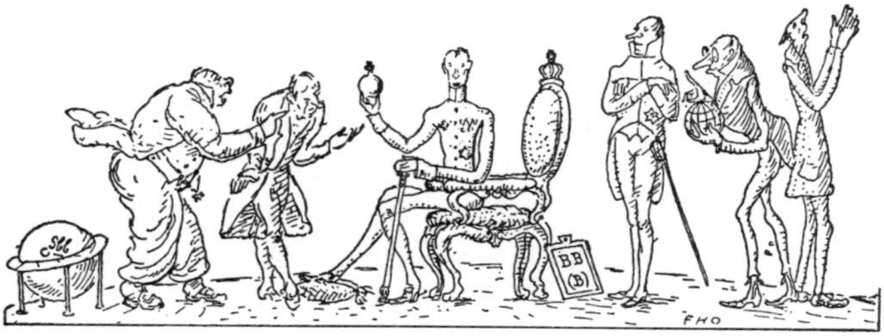

VIERTES CAPITEL

Dieses Capitel ist meinem Jugendfreunde
Dr. Valentin Rosenfeld gewidmet

Viel gab's im Amte zu tun. Das kam so: Die Stadt Scheibbs hatte rastlos, seit Dezennien schon, um einen zweiten Donnerstag in der Woche gebeten. Man war höheren Ortes nachgerade erstaunt, daß die Scheibbser schon wieder etwas wollten. Hatte man ihnen doch kurz vorher das zweite weiche kleine »b« im Stadtnamen bewilligt, da ein paarmal peinliche, sinnstörende Schreibfehler vorgekommen waren. Das war schließlich begreiflich und nicht unbillig.

Aber der zweite Donnerstag!?

Schon unter Kaiser Josef hatte es angefangen. Dieser aufgeklärte Monarch hielt es für Irrsinn. Doch die zähen Scheibbser (jetzt mit zwei weichen »b«) petitionierten wieder und immer wieder, hartnäckig, wie es eben nur Scheibbser sein können.

Jetzt fing die Sache an, in weiteren Kreisen Beachtung, und zwar mißbilligende Beachtung zu finden.

Dachte man doch allmählich tiefer über die Angelegenheit nach, und plötzlich sprang die Unvernunft des Scheibbser Wunsches in ihrer ganzen grausigen Tragweite den Denkenden nackt vor die Augen.

Es gab zwei Möglichkeiten – eine schreckhafter als die andere. Zuerst die, daß die Stadt Scheibbs allmählich in eine andere Zeitrechnung treten würde – und daß es außer dem Julianischen und Gregorianischen auch noch einen Scheibbsianischen Kalender geben würde.

Das »neue Jahrhundert von Scheibbs« würde bald zur Weltsensation werden und einen ungeahnten Strom von reisenden Engländern und andern unnützen Menschen in die stille Voralpenstadt führen. Diese Perspektive allein war dem fremdenfeindlichen Sinn der Epoche schon mehr als unerwünscht. – Dann aber tauchten schlimmere, weit schlimmere Bedenken auf.

Der unfromme Wunsch der frevlen Scheibbser müßte notwendigerweise, sagten die Moralisten mystischer Richtung, auch üble Folgen kosmischer Natur nach sich ziehen, und es wäre sonnenklar, daß die unglückliche Stadt allmählich – unmerklich zuerst – sich von der Erdrinde abheben würde. – Nach und nach würde sie dann anfangen, um die Erdkugel zu kreisen, ein entsetzlicher, tieffliegender Mond, der auf seiner Bahn täglich grauenhafte Verwüstungen anrichten müsse. – Der ganze Breitegrad, auf dem Scheibbs lag, fühlte sich in seiner Sicherheit bedroht. Deputation auf Deputation aus aller Herren Länder wurde jetzt bei der obersten Behörde vorstellig.

Da ritten Irokesen neben Korneuburgern, krummbeinige ungarische Magnaten in Trauergala, Kleinrussen, Mongolen, Chinesen, Franzosen, biedre Schwaben und Bayern, polnische Schlachzizen in reichen Prunkgewändern – hinter ihnen jammernde Juden mit großen Schirmen, da es sie um die entliehnen Prachtstücke bangte – kurz alles, was am Breitegrad von Scheibbs lag, kam nach Wien und jammerte um Schutz von Haus und Herd.

Die Gelehrten malten das Grausige immer deutlicher aus. Etwas wie eine ungeheure, düstere Rübe, das untere Ende feuerflüssig, würde über die Erde schleifen, da die Juristen ganz richtig behauptet hatten, daß der Stadt

Scheibbs alles Kubikareal bis zum Mittelpunkt der Erde gehöre.

(Da würde man die Seelen der Verdammten in der Hölle mittschundern sehen, freuten sich die Gerechten.)

Andere Naturkundige warfen mit Recht ein, daß keine Rübe entstehen werde, sondern daß der harte Felsrand der nicht vom Zeitzuwachsschwindel betroffenen Umgebung sozusagen Wurstscheibe auf Wurstscheibe vom Scheibbser Massiv abschneiden werde. Kurz, es war grauenhaft.

Bittprozessionen wurden im ganzen Reiche abgehalten, an einzelnen Orten traten schon Geißler, Springprozessionen, ja selbst Adamiten auf.

Jetzt regten sich aber auch die verborgenen Logen aller okkulten Schattierungen und hielten die große Tagung am Wechsel, dem steyrischen Grenzgebirge, unter drei knorrigen Rieseneiben. Der Großmeister der Templer in Antiochia, der Mahatma von Großwardein, der Supérieur inconnu der Martinisten – ein goldbetreßter Marineur aus Triest –, der Inspecteur des endroits bizarres von der Wieden, der Hagelmeister von Tyrol, die Herrn vom Heiligen Gral und von Rhodos, die Kronbewahrer von Trapezunt und Nikäa hatten sie einberufen. Den Vorsitz führte, als einzige Dame, die erst 13jährige Herzogin von Lians-Court und von Mont Ferrat, kaiserliche Prinzessin von Byzanz. Sonderbare Züge pilgerten damals durch die tausendjährigen Wälder von Steyermark. Da humpelten vergoldete Karossen die Almfelder bergan, modische Gecken zu Fuß und zu Roß trabten einher, auch täuschend würdige Spießer in Frack und gradkrämpigem Hut, den goldenen Sporn in der Tasche. –

Was die erkannten, war auch nicht sehr tröstlich. – Loslösen würde sich Scheibbs zwar nicht und zum Monde: »Luna Secunda, sive Scheibbsiensis« werden – zu solch kosmischen Folgen sei die magische Kraft der dasigen Communalseele zu klein –, wohl aber würde Scheibbs im »Raum-Zeitschwindel« voraneilen, immer kleiner und kleiner werden, wie Häuslein in Nürnberger Spielereischachteln, und schließlich im magischen Fluchtpunkt vernebeln.

Das hören, und in Massen auswandern, war für die biederen, aber materiellen Scheibbser eins. Die sonst so bedeutende Stadt sank allmählich zum kleinen Flecken von heute herab – der Rest der Scheibbser bat unter Thränen weiter um den zweiten Donnerstag.

Endlich, nachdem noch der Heilige Stuhl durch ungeheure Zugeständnisse (an denen Österreich heute noch leidet) zum Schweigen gebracht war, gab der gütige Landesvater nach und bewilligte traurig einen zweiten Donnerstag.

Ein Schrei des Entsetzens ging durch die ganze Welt. Man erwartete in dumpfer Resignation das Allerschlimmste.

Es geschah aber gar nichts. – Die Scheibbser hatten sich nur ungeschickt ausgedrückt und einen zweiten Markttag gewollt, der in ihrem Sprachgebrauch mit dem Begriff Donnerstag identisch war. Jetzt gaben sie Ruhe und waren froh, daß sie das dritte weiche »b«, das man ihnen als Ablenkung hatte geben wollen, immer mannhaft zurückgewiesen hatten.

Dieser Gnadenakt und die daraus resultierenden Neuerungen sollten im ganzen Reich durch Trommelschlag verkündet werden. So ward denn das Kaiserliche Hoftrommeldepot, in dem Eynhuf diente, mobilisiert und schuftete Tag und Nacht.

Parallel dazu – die Duplizität der Fälle ist ja bekannt – bereitete auch noch die Idee einer hohen Frau, im Kriege besonders verdiente Trommeln durch Ohrringeln auszuzeichnen – so, wie man Fahnen bereits des öfteren Tapferkeitsmedaillen verliehen hatte – dem Amte unerwartete Mühe.

Wo anfangen? Oft starrte Eynhuf, stundenlang ratlos an der Feder kauend, durch das Fenster. Die Arbeit wuchs ihm schier über den Kopf. – Kopf? Wieder so was, das bedenklich nach Umsturz roch! Kopf! –

»Meiner Ansicht nach«, pflegte Hofrat Sauerpfister zu sagen, »sollen die Beamten gar keinen Kopf nicht haben, sondern höchstens! eine bedenklich gerunzelte Stirne.«

Natürlich teilte Eynhuf submissest die Meinung seines Vorgesetzten. Seufzend langte er endlich den Einlauf her, aus dem er das k. k. Trommelverzeichnis hervorgriff.

»E. Z. N° 31.788 / III7 vom 23. Hornung 1723 nach des Heilands Geburth« – so lange war man im Rückstande! »Tambour de Chasse«, las er, »oder k. Hof-Jagd-Trumbel, vom Signore Cagnacci, genannt meist Canlassi, eigenhändig in oglio bemalen, mit der Heydengötzin Dianen, der Ares einen Holzsplint aus dem Fuße zeucht. Zwo Hunde bellen daneben, ein Hirz fleuchet durch marmorruinas eines palazzo derutto sive distrutto und etzliche Waldteuffel passen im Gebüsche: Auf sotane Teuffel ein cupido mit dem Bogen flizzet. In diesem Stücke hat der Holzwurmb gar übel gehauset! Ad reparandum!« Holzwurm? Ohweh, wie wird die aussehen! »Ad referendum dem der k. Menagerie angegliederten Hof-Holzwurmamte.« – Wäre erledigt. *Die* Arbeit! *die* Arbeit!

Dabei immer die quälende Frage: Wie verschaffst du dir den Milchzahn der gefeierten Bühnenschönheit?

Daß sie mindestens einen noch irgendwo haben müsse, stand bei ihm außer jedem Zweifel, denn welches Mädchen aus besserem Hause – und die Höllteufel war aus besserem Hause, wie er aus den ihm zugänglichen Polizeiakten entnommen hatte – pflegt nicht einige ihrer Milchzähne in Seidenpapier aufzubewahren?

Wie es schon so geht, sollte ihm der gütige Zufall bei der Lösung der schweren Frage schon in den nächsten Tagen zu Hilfe kommen.

Eines Nachmittags promenierte er am Graben, der prunkvollsten Straße des damaligen Wien.

Er war heiter und frohgelaunt. Der sonnige Wintertag

war einer von denen, die die Nähe des Südens ahnen lassen. In warmem Leuchten glänzten alle Fenster. Am apfelgrünen Himmel segelten goldgebortete Rosenwölkchen gleich phantastisch getakelten Elfengaleeren Ariels, und aus den engen Seitengassen, in denen bereits die blauen Abendschatten brüteten, blitzten die Lichter der Kramläden.

Mit Behagen mischte er sich in die Menschenwogen, wußte er doch, daß manches Mädchenherz höher schlug, wenn sie den eleganten jungen Mann mit dem interessanten Kopfe erblickte.

Als er gerade das zarte Stöckchen mit der grünseidnen Quaste recht zierlich wirbelte, begegnete ihm Rat Großkopf, den er seit Jahren kannte.

Rochus Großkopf, ein stattlicher Fünfziger, galt als schwer begütert, hatte zwei uralte, weitläufige Häuser in St. Pölten, wo er den größten Teil des Jahres zubrachte.

Er, der als Lebemann, in St. Pölten sogar als roué, galt, war im übrigen ein feinsinniger Sammler kostbarer Antiquitäten, ja, noch mehr – war Mäzen.

So steht es beispielsweise fest, daß Goethe, der freundlichen Einladung Großkopfs Folge leistend, einige Wochen in dessen St. Pöltner Heim zugebracht hat, wo der alternde Dichterfürst in der absoluten Ruhe der verträumten Bischofsstadt den Faust II beendet haben soll, wie Rat Großkopf bisweilen diskret durchblicken ließ. Die Herrn führten einen lebhaften Briefwechsel, der uns aber leider nicht erhalten ist, da spätere Mißhelligkeiten den reinen Freundschaftsbund trübten, und sowohl Goethe wie Großkopf im ersten Zorn die Briefe vernichteten.

Von allen Vermutungen über den Bruch zwischen den beiden bedeutenden Männern hat folgende Version die meiste Wahrscheinlichkeit für sich:

Daß Großkopf in einer vertrauten Stunde beim feurigen Vöslauer Wein, in der Meinung, sich das unbegrenzte Vertrauen des aufgeräumten Olympiers erworben zu haben, so weit ging, mit bereits stammelnder Zunge folgendes Geständnis zu beginnen:

»Sö, Exzellenz, was eine gwisse Suleika betrifft, die was doch das Nachgeschwisterkind von meiner seligen Wettitant aus Linz is, so hat's da noch a jüngere Schwester 'geben, die was man Ihna nie g'zeigt hat! Hähä.

Hat freilich später a böses End gnommen, 's Madel – aber a saubre Nudel is g'wesen – Waderln hat s' ghabt – gustios! Wie s' als a Vierzehnjährige so z'mir ins Museumszimmer kommen is mit die cyprischen Versteinerungen spielen ...

No – Exilenz haben ja d' Schwester g'nommen ... wast, du hast halt d' Suleika g'habt und i d' Finerl ... Sag ma ananda Du! Gelt? Schani!«

Das war Goethen doch zu viel. Er sprang auf und ließ sich in der ersten Erregung hinreißen mit den brüskesten Worten – noch dazu in Gegenwart einer hohen Standesperson aus Kremsmünster – an Großkopf ein dessen Mannesstolz tief demüthigendes Ansinnen zu stellen, das dadurch nicht gemildert war, daß er es vor langen Jahren dem edlen Helden seines Sturm- und Drangdramas selbst in den Mund gelegt hatte.

Welch ein Sturz in die Tiefe für den St. Pöltner Kunstfreund, der sich schon auf den Höhen des Helikon dicht vor dem Bruderkuß des Musenlieblings gewähnt hatte!

Dann hätte sich aber Goethe sofort zusammengenommen und mit der ganzen, unnachahmlichen Würde eines herzoglich Weimarschen Staatsministers und Kammerherrn die Stätte des so schrill ausklingenden Symposions verlassen.

Eynhuf hatte Rat Großkopf bei der Schosulan eingeführt. Der feinsinnige Amateur äußerte sich entzückt über die »seltenen Stückeln« der interessanten Frau; die »chaise«, wie er sich dezent ausdrückte, hätte es ihm angetan. Wie gut würde die zu seiner Sammlung galanter Gefäße passen! War doch die chronologische Darstellung der weiblichen

Toilettengeheimnisse seine größte Schwäche, und eine sehr geschätzte Monographie des Bidets hatte ihm, in den Ländern wenigstens, wo man dieses frivole Möbelstück kannte, den Ruf als namhafter Privatgelehrter gesichert.

»A noch immer hübsche, gut conservierte Frau, die Schosulan«, eröffnete Großkopf das Gespräch.

»Ja«, meinte Eynhuf, »ist weit über die 70! Aber rüstig! Die tritt sogar jeden Herbst das Sauerkraut noch selbst ein, das laßt sie sich nicht nehmen.«

»Glauben S', daß man da noch hoffen darf?«

»Aber pfui, Onkel Rochus, wie können Sie so etwas auch nur denken?«

»Lieber Freund, Sie wissen: de gustibus! Segn S', meine erste Liebe war auch eine reife, sogar überreife Frau, und das bleibt einem immer. Leider hat die Sache nicht gedauert. Bei einem Bad in der Traisen hat sie der Schlag gerührt, das hat mich damals hart troffen! Durch Jahre hat's mich immer zu die Wasserleichen nur so hingezogen … Natürlich alles in Ehren.«

»Aber, das ist ja grauslich, Großkopf, mir wird übel. Raten Sie mir lieber als erfahrener Lebemann, wie ich zu einem Milchzahn der Höllteufel komm!«

»Von der Höllteufel a Milchzahn? Ja hörn S', das hätt ich Ihnen nie zugetraut, daß Sie so was sammeln! Na, wann er Ihnen so am Herzen frißt, der Höllteuflische Milchzahn, dann gehn S' halt hin zu ihr«, erwiderte sichtlich geschmeichelt Großkopf, der sehr gerne Ratschläge in Angelegenheiten der höheren Minne erteilte.

»Zu ihr gehn – ausgeschlossen – kann ich nicht …

Wenn die Schosulan, und durch sie die Keuschheitscommission draufkäme, daß ich als Hofbeamter einen Besuch – nein, ausgeschlossen, das kann mich die sauer erworbenen Goldborten am Hosenbein kosten!«

»Da weiß ich was andres«, replizierte Großkopf, »benützen Sie doch die Maskenfreiheit des Faschings! Nähern Sie sich der gefeierten Künstlerin auf der Redoute!«

»Ja, Sie haben leicht reden! Ich hab noch nie mit einer solchen Person gesprochen – da werd ich viel zu schüchtern sein und dann, wenn sie mich gar nicht bemerken wird!«

»Nicht bemerken? A, da muß man eben eine Maske wählen, wo sie einen *ja* bemerken muß. Wissen S' was, Eynhuf, ich hab da eine glorreiche Idee: Gehn S' als riesengroßer Schmetterling, meinetwegen mit zwei Klafter hohe Flügel, die macht Ihnen der Entletzberger gewiß, d. h. das Dekorative, und den Mechanismus, daß S' auch ordentlich damit pledern können, macht Ihnen mein Freund Degen, der Hofuhrmacher in der Weihburggasse! – Sie, das wird ein Aufsehen werden! Beneide Sie eigentlich; wenn ich noch so jung wär, in so einer Maske gehen und von Mädchenblüte zu Mädchenblüte flattern zu können! Sie Glückspilz Sie! Und stellen S' Ihnen vor, wenn Sie sich dann bis zur Königin des Festes durchgewuzelt und gesuzelt habn – die Augen, die sie dann machen wird. Ein Hofbeamter und dazu noch ›Edler von‹ als Schmetterling – da wird ja der offizielle Galan, der Hofselcher Würstl, *so* klein« – Großkopf machte eine bezeichnende Gebärde.

»Das glaub ich beinahe auch, daß ich den dummen Würstl ausstechen werde. –«

»... Ja und das schönste«, fuhr Großkopf fort, »wenn S' die Flügel nach vorn stellen, habn S' es wie in an schamber separeh drin – da kann Sie der ganze Festtrubel gern haben!«

»Großkopf, Sie sind ein Prachtkerl«, jubelte Eynhuf. »Das werde ich machen, und wenn es 20 Gulden kostet! Dafür steh ich, der Eynhuf!« Aber plötzlich ließ er die Mundwinkel hängen: »Bloß, wie komm ich hin in den Ballsaal? He? Kann ja unmöglich einen Fiaker benützen – und zu Fuß – die Flügel vielleicht mit Fetzen eingewickelt? – Das geht nicht.«

Einige Minuten lang gingen beide Freunde wortlos nebeneinander.

»Ha, da hab ich eine Idee.« Großkopf pfiff durch die Zähne. »Sie ziehn sich ohnedies beim Entletzberger, in seiner Wagenschupfen vielleicht, an, denn im Querulantenhaus dürften Sie doch so was nicht tun, bestellen den großen Culissenwagen von den Hoftheatern hin – das ist ja bei Ihren enormen Verbindungen für Sie ein Leichtes, fahren damit beim Apollosaal vor und schweben dann: Tra-ra, tra-ra, trara-lila, lala – bimbim zur Königin des Herzens hin!«

»Bst! Wie können Sie …«

»Aber, lassen S' mich aus, weiß schon, was Sie sagen wollen: Die Hofzwergische! Schlagen S' Ihnen doch um alles in der Welt die dumme Idee aus dem Kopf, so ein bildhübscher Mann wie Sie, mit Ihrem schwermüthigen Auge …«

Eynhuf erröthete wie ein Backfisch.

»… und die Fusserln – wirklich schad, daß Sie nix als Milchzähn und wieder Milchzähn im Kopf habn.«

»… vor allem mein Amt«, Eynhuf unterstrich förmlich jedes Wort, »ich reibe mich zwar im Amte auf – in serviendo consumor –, aber mir macht mein Amt Freide!

Unlängst hat mich sogar mein gietiger Vorgesetzter, der Herr Hofrat Sauerpfister, da die andren alle Patzer sind, um zwei Salzstangeln zum Greisler geschickt – ich glaub, das hat was zu bedeiten … und die Zähne – no, Großkopf, Sie wissen ja, nur um meinem guten Kaiser eine kleine Freude zu bereiten!

Bleibt mir eigentlich bloß als Zerstreuung das bissel Fleetenspiel – das ist wieder wegen die Hochämter. Großkopf, Großkopf! Mich beißt das Gewissen und vergällt mir die ganze Freude am Schmetterlingsein!

Wann die Schosulan was erfährt, dann bin ich ohne Gnade und Barmherzigkeit geliefert. Der Frau danke ich so viel. –

Schaun S' – ich war anfangs ein stilles, zurückgebliebenes Kind, von die Würmer gequält – besonders vom

Peitschenwurm – einmal hab ich sogar einen Raketenwurm gehabt – na, servus, ich dank schön – und bin nur schwer mit den Studien vorwärts gekommen.

Und als mein Vater selig starb, war ich schon sieben Jahre mit vier Kreuzer Tintengeld pro mese – sonst nix – in der behmischen Hofkanzlei angestellt; zwar ehrenvoll, aber mit wenig Aussichten.

Da will das Glück, daß ich eines Sonntags in Schönbrunn den hohen Kaiserlichen Kindern im Reservatgarten beim Spielen zuschau! Reizend waren die hohen kleinen Engerln, besonders ein kleiner hoher Herr gefiel mir ausnehmend, der in glänzender Generalsuniform spielte. Er geruhte ein Steckenpferd zu reiten, aber plötzlich – mir wurde das patriotische Herz bei den kriegerischen Spielen wärmer – fiel der Ärmste, dem der enorme Tschako das Übergewicht gegeben, kopfüber zu Boden.

Ein hundertstimmiger Angstschrei ertönte. – Ich, Allerhöchstes Blut fließen sehen, kann mich nicht halten, vergesse die Etikette und springe über das goldene Gitter. Bebend vor Erregung hebe ich den hohen jungen Herrn – es war der Herr Erzherzog Nepomuk – auf und putze ihn mit dem Sacktuch ab. Der kleine hohe Herr hatte, wie ich später erfuhr, trotz seiner Jugend das gesamte Artilleriewesen unter sich, und war ihm auch deshalb zum hohen Namensfeste, das an dem Tage stattgefunden hatte, von den drei rangsältesten Feldzeugmeistern ein Speiteufel, der mit geweihtem Jordanwasser angemacht war, abgebrannt worden.

Eine Hofdame, gietig wie ein Engel, kommt herbeigeeilt, frägt mich um meinen Namen und empfiehlt mich allerhuldvollst dem mächtigen Einfluß der Schosulan.

Das blutbefleckte Sacktuch hab ich als heilige Reliquie unter Glas und Rahmen. – Und das ist meine Geschichte, so habe ich meine Lebensstellung erreicht. –

Aber, aber – so wirklich befriedigt, was man sagt: ›befriedigt‹ bin ich nicht. Denn wissen S', was noch heute der

Traum meiner Nächte ist: Hofzwerg sein! Was hab ich als Jüngling mit dem Schicksal gehadert, das mich groß und schlank gewachsen sein ließ, das mir meinen Lebenswunsch grausam versagt hat!

Ja, Hofzwerg gewesen sein dürfen zu können – das wäre der Wunsch meines Herzens. Gibt's denn ein schöneres Amt, frag ich, als stets um seinen Herrscher zu sein, stets sein geneigtes, erhabenes Ohr zu besitzen, stets ihn erheitern zu dürfen?«

Stumm gingen beide Männer nebeneinander her.

Dann schüttelte Großkopf seinem Freunde lange wortlos die Hand und verschwand in einem dunklen Gäßchen.

FÜNFTES KAPITEL

Je näher der Fasching kam, desto mehr nahm die innere Zerrissenheit Eynhufs zu. Er war zerstreut im Amte, brachte oft seinem Vorgesetzten fehlerhafte Salzstangerln hinauf und hielt sogar einmal beim Anziehen dem Hofrat geraume Zeit den Ärmel vom Überzieher zu.

Weibergeschichten! murmelte der erfahrene Beamte und fing an, Eynhuf scharf zu beobachten. Durch Wochen mied dieser das gastliche Haus Zumpis. Wie hätte er auch Crispine offen in die Augen blicken können?

Einmal – im Lazenhof – rief ihn der alte Zumpi an. Er sah ihn nicht gleich, ein Umstand, der den eitlen Mann sehr zu wurmen pflegte.

Ein Ausweichen gab es nicht, er mußte eine Einladung annehmen, so schwer ihm dies auch fiel.

So lenkte er denn mit innerem Widerstreben seine Schritte dem Heime des Hofzwergs zu.

Er öffnete die schwere Eichenpforte im gewaltigen Eingangstor, vom Alter wie Bronze poliert. Im Flur stand ein prachtvolles Marmorbildwerk, beim Bau des Hauses gefunden, ein im Tanzschritt erstarrter Faun, der eine Bockspfeife spielte, uralt, goldfarbener Marmor, vom hundertjährigen Staube schwarz bepudert, von den Hausmeistergenerationen nie abgewedelt, da er ihnen verhaßt war als Liebesnestschirm der drallen Mägde der Gasse. Immer war dort der Boden naß von Bier oder den übergegangenen Milchkrüglein der schäkernden Mädchen.

Eilig hüpfte Eynhuf am Hausmeister, dem wildblickenden Herrn Kummeter, vorüber, die vier Stockwerke hinauf. Er fand Frau Zumpi mit einem Dienstmädchen scheltend vor – es klopfte gerade auf dem Gange buntgewürfelte Costüme, die schon lang eingekampferte Amtstracht des Hausherrn.

Seltsam klangen die Schellen durch das neblige Zwielicht des grauen Barockhofes.

Eine hohe, überreich eingelegte Flügeltür führte in das Empfangszimmer der Familie, einen ernsten, solid möblierten Raum von feierlichem Halbdunkel. Die Wände waren mit sonderbaren Bildern in bizarren Rocaillerahmungen bedeckt. Da sah man buntfarbige Meisterwerke von der Hand Hieronymus Muzians, der es liebte, alte Zwerge als heilige Einsiedler zu malen, viele von ihren Ziegen tückisch bedroht. Manche Werke der Brueghel waren da, die der höfische Geschmack eines aufgeklärten Jahrhunderts aus den Galerien entfernt und Zumpi überlassen hatte. Wohl das abenteuerlichste Stück war eine Schöpfung Alaert du Hameels, den bethlehemitischen Kindermord durch große, gepanzerte Heuschrecken darstellend. Die Väter der Kinder figurierten bei dem Schreckensdrama als Tabulettkrämer, die die grausen Krieger durch Aufopferung ihrer meist unerhört abstrusen Waren zu beschwichtigen suchten, während König Herodes aus einem Trichter gegen die kreischend verrenkten Mütter drohte – kurz ein Bild, das den nervösen Haustöchtern eine diabolisch vergiftete Kindheit bereitet haben mußte, und nicht genug an dem, ein drittes Töchterlein, das Papas Liebling hätte werden sollen, durch Versehen der Mutter zur Mißgeburt werden ließ, wie man im ganzen Hause versicherte. Gesehen hatte es niemand, weil die Hebamme den tot geborenen Sprößling gleich für die Katze nach Hause genommen hatte.

Ein in fantastischem, verwegenstem Rococo geschnitzter Glasschrank, schimmernd in fuchsigem Gold, war gefüllt mit dem köstlichsten chinesischen und sächsischen Porzellan, Ehrengeschenke fremder Potentaten aus Zumpis Glanzzeit. Beim Fenster stand ein Stuhl mit hohen Füßen. Einen mit dem Hausbrauch unvertrauten Besucher mußte es auch nicht gerade alltäglich anmuten, daß in die großen Flügeltüren allenthalben kleine Gehtüren eingeschnitten waren, deren Klinken etwa in Kniehöhe sich zeigten. Auch eine Kinderbank mit dazu passendem Tischchen und ein Schaukelpferd waren da.

Letzteres benützte Zumpi alltäglich auf den Rat des langjährigen Hausarztes, Baron Rödersthal, der dem alten Pensionisten mäßige Bewegung empfohlen hatte.

Aber all dies durfte niemand bemerken, und die Dienstmägde, die ein Kichern nicht unterdrücken konnten, flogen oft dutzendweise in einer Woche hinaus.

Grimmen Haß hegte der Hausherr außer gegen das Geschlecht der Hunde vornehmlich gegen den Stand der Optiker.

Lange dachte Eynhuf, daß dies beim streng conservativen Sinn des alten Mannes seinen Grund darin habe, daß ihm diese Leute als Einführer von Neuerungen verdächtig seien.

Das war bloß zum Teil richtig. Der wahre Grund, den ihm Crispine in einer vertrauten Stunde verriet, war der, daß diese Leute Vergrößerungsgläser anfertigten, was Zumpi als eine speziell auf ihn gemünzte Bosheit auffaßte. Noch einige andere Dinge gebaren stets neuen Groll in seinem Herzen, z.B. die Worte: Gewicht, wichtig, Winzer oder Zwerchfell.

»Mikroskop« konnte ihn aber bis zur Raserei aufregen, und niemand durfte dieses Wort in seiner Gegenwart aussprechen! Ebenso furchtbar regte es den alten Mann auf, wenn schlimme Buben bei seinem Anblicke den häßlichen Vers sangen: »Das ist der Vater Zephises, nimm dieses Kipfel und friß es.«

Früher hatte der Zwerg die »Jausen« und besonders die »Sonntage« geliebt. Vormittags zeigte er sich gerne mit den Seinen in der Messe bei St. Stephan, nach dem Hochamte trennte sich die Familie, die Damen promenierten am Graben und bewunderten die Putzmacherläden, während das Familienoberhaupt im Stephanskeller am Honoratiorentisch ein Seidel Grinzinger in geschliffenem Stutzen zu trinken pflegte.

In Wichtls Bierhaus am Peter jedoch, das gerade sehr in die Mode kam, war er unter keinen Umständen zu bringen – soviel sich auch seine Freunde bemühten –.

Des Nachmittags trafen sich drei seiner ältesten Kameraden und Collegen – die letzten Überlebenden – Foppelneider, Wimhölzl und Pipserling – in Zumpis Wohnung, um zu musizieren, wie sie es nannten.

In Wirklichkeit spielte jeder auf einem kleinen Leierkasten – alle wild durcheinander – und rissen und wirbelten die Drehkurbeln möglichst rasch herum. Wer zuerst sein Stück zu Ende brachte, hatte »gewonnen«, erregte aber nur zu leicht den Neid der anderen, sodaß es fast stets zu Mißhelligkeiten kam, und die sonst so würdigen alten Herrn sich pufften und zwickten. Oft mußte dann die Hausfrau dazwischen fahren und die heiser krächzenden Wichte trennen, was bisweilen nicht ohne »Kopfstückeln« abging. Vor der großen Frau hatten sie Respekt – sie begnügten sich, einander tückisch anzuschauen, bis zur Jause gerufen wurde. Chokolade oder ein Gläschen Meth versöhnten bald die Muffenden, die den Rest des Nachmittags meist brav bei einem Lotteriespiel verbrachten, bis sie abgeholt wurden oder allein nach Hause gingen – je nach Gewohnheit. –

Doch gab's einen jähen Riß in die anregenden Sonntagsnachmittage, als der Älteste des Freundeskreises, Pius Pipserling, im verflossenen Sommer von der Hühnercholera dahingerafft wurde.

Der bedauernswerte alte Herr, der schon längst mit dem Leben abgeschlossen hatte – trug er sich doch –, wie man mit Bestimmtheit erfahren haben wollte – sogar mit der Idee, Karthäuser zu werden – sah getrost dem Sensenmann, der ihn in der harmlosen Maske eines Hendlmörders beschlich, ins beinerne Angesicht. Aber für Zumpi war es ein harter Schlag, der ihn noch grämlicher und verdrossener machte.

So fiel nach und nach der Zwergenstand, diese amüsante Quaste am Purpurmantel des Fürstentums, dem Mottenfraß der Zeit zum Opfer – wurde, ein skurriles Cadaverchen, dem Misthaufen überlebter Einrichtungen zum Vermodern beigefügt.

Als Eynhuf eintrat, erhob sich Crispine von einem seltsamen Clavier in Pyramidenform, ließ dessen wimmerndes Saitenspiel verstummen und eilte dem geliebten Manne entgegen. Mit Schrecken bemerkte der korrekte Höfling, daß das Mädchen kaum mehr vor dem verführerischen Bilde Annerls bestehen konnte. Wie fahl und verfallen sie aussah! Auch der Mund war schief geworden! Wie unnatürlich groß die Nasenlöcher!

Unwillkürlich fragte Eynhuf: »Ist Ihnen etwas?« Vorwurfsvoll sah ihn Crispine an und schwieg.

»Und da können Sie noch fragen«, antwortete Kiliane, »da sieht man, wie lang Sie nicht mehr bei uns waren! Die arme Schwester ist noch immer nicht genesen!

Was muß aber auch die verrückte Theatergredl die Silhouette vom Čzwačzek – noch dazu auf einem seidenen Sacktuch gedruckt – am Butterbrot essen!?«

»Acht Tag haben wir die Madame* im Haus gehabt«, nickte bekümmert die Mutter, »das Gered von die Leut!

Na, Schwamm drüber – schenken Sie uns das Vergnügen zum Café – die Damen werden gleich da sein.«

Richtig, ungeheures Geschrei im Vorzimmer, herein wogen Madame Katzbaumer, ein Wunder in Orange und

---

* Wiener Ausdruck für Hebamme.

Violett, die himmelblaue Demoiselle Cordula Luft und die stattliche Frau Paradeyser, ein unermeßliches Paket von Fettwülsten, mit einem zimmergroßen Perserschal drapiert, von Kampferduft umwoben.

Sie legte auf den Cafétisch einen laut bellenden Pompadour, der sich unruhig hin und her wälzte.

Strafend blickte die Hausfrau auf das Paket. Frau Paradeyser erbleichte. Immer wieder vergaß sie das Zumpische Hundeverbot! Ihr Liebling wurde sofort in der Küche versteckt – im letzten Moment –, da der Zwerg schon im Zimmer stand. Die kurzsichtige Demoiselle Luft lief wieder einmal dem Hausherrn nach der falschen Richtung entgegen, obgleich der Bedauernswerte sich überlaut räusperte – kurz, die Sache fing so ungemüthlich wie möglich an. – Dabei war grad heute der Zwerg kaum zu übersehen, hatte er doch einen mächtigen Turban am Haupte, darunter einen Wasserumschlag.

Weil heute sein Geburtstag war.

Als Festgeschenk hatte man dem Jubelzwerg nämlich sein Miniaturporträt von der berühmten Karoline Pinčikovska, der taubstummen Malerin in der Paniglgasse, malen lassen – das Geschenk der Damen. Die drei alten Herren hatten ihm einen elfenbeinernen Nußknacker von uralter Arbeit verehrt – dem Nero habe er einstmals gehört, flüsterte man.

Während sich der Jubilar darüber sichtlich freute, hatte ihm plötzlich der tückische Foppelneider – ehe ihm jemand in den Arm fallen konnte – damit von hinten auf den Kopf geschlagen …

Daher Umschlag und Turban. Zur Strafe durfte Foppelneider nicht mit am großen Jausentisch sitzen, und als er verstohlen nach dem Hausherrn das Zimmer betreten wollte, knallte das Stubenmädchen mit einer nassen Serviette nach ihm. Er mußte am kalten Gang jausnen und schon um fünf Uhr in seine Wohnung im Lazenhof zurückgehen.

F H O
19 21

Der Hausherr, der erst beim dritten Versuch auf den Stuhl gelangte, war verstimmt und wortkarg, schnupfte während jedem Schluck, den er trank, und sah den Gästen mißgünstig auf die Teller. Dann verlangte er energisch herunter vom Sessel und verschwand.

Jetzt öffneten sich die Schleusen der lang zurückgestauten Unterhaltung, die wie ein Hagelschlag auf die Mädchenblüten des Bekanntenkreises niederprasselte.

»Wissen S' 's Neichste«, schnarchte Frau Paradeyser los, »alsdann: Die scheinheilige Heuchlerin, die Zisch! Hat s' nit schon 's Madel an an Großkopf verkuppelt?! …« Eynhuf gab's einen Stich ins Herz. Sprachlos saß er da, ein Powidltatschkerl quoll ihm dermaßen im Munde, daß er daran und an dem bittren Geschmacke fast zu ersticken drohte.

»Ja, hörn S' nur: der Vatter – a sauberer Vatter das – kriegt in St. Pölten in Großkopf seine ganze Costümsammlung zum Ausklopfen und d'Wanzen zum Zertreten. 's Madl kummt zu ihm scheen heimlich ins Haus. Und die alte Sau, die Beischl …!«

»Was? Die Beischl?«

»Also hörn S': Die Beischl hat den Cooperator, der was allweil bei der Schosulan, dem weiblichen Leibstuhldragoner, eingladen ist, schon in ihren Netzen verstricket! Ich hab's von der Erpelstecher Wabn, die Kerzerln bei St. Rochus und Stachus verkauft – wissen S', die was ehender drittes Kuchelmensch war beim Grafen Keglevich! Aber was die Schosulan is, die hat sich schon an Trost g'schaffn. An Musikanten hat s' auferb'stellt, wegen dera ihren veradächtigen Leibstuhl. – Wann der reden könnt!«

»Ja«, mischte sich die Katzbaumer ins Gespräch, »scheene Leut hat's oben bei der ›Keuschheitscommission‹! Daß ich nicht lach! Also: die Ludersdorf. Allweil stockbesoffen. Die hat eine zarte Beziehung mit an Branntweiner und feiert ihre Orschien, ja Orschien! in Gaudenzdorf, daß S' es wissen, dö Heimliche dö. Dabei soll s' eine Agentin von die Jacobiner sein, oder was. Jetz'n baut s' am Braunhirschengrund eine Rosogliofabrik – der englische Gesandte, der Lord Hobbs – so viel ein unruhiger Herr – hat auch an Geld drin stecken, ums christliche Volk zu vergiften – bis jetzt immer a Privileg von die frommen Patres Jesuiten.«

»Aber das ist noch gar nichts«, ließ sich Demoiselle Luft vernehmen, »ich weiß was Furchtbares. Niemals nie nicht wird aber dasselbige über meine Lippen kommen!« Voll Spannung hingen aller Augen am üppigen Mund der schönen Cordula. »Niemals, nie nicht«, wiederholte sie feierlich, »nur soviel kann ich andeuten: Der Skandal, der einmal bei die Kibissers ausbrechen wird …«

»Wie, was, wo, mit wem denn?«

»Mit'n Devotionalienhändler, dem Harfenrichter natürlich.«

»Was net sagen, die alten Schachteln?«

»Ah nein – die nicht – aber schweigen wir. Nur soviel kann ich sagen: So feine Arbeiten können doch nur junge Augen verrichten. Na also! Na – wo hat er die Lehrmädeln her – aber was – von mir erfährt niemand nichts, d. h. das wissen S' doch, daß er sein Hauptgeschäft macht mit die gewissen Abziehbilderln, wo die Damen rot werden, wann s' es sehen?«

Finsteres Schweigen brütete im Zimmer. Bloß der Sessel der Paradeyser krachte bei jedem Atemzug hörbar. Diese Pause benutzte Eynhuf, sich zu empfehlen. Er sei mit Arbeiten überhäuft und bringe ganze Nächte im Amte zu. Ungern sah ihn Crispine scheiden, umsomehr freuten sich die Geladenen, den Sekretär nach seinem Abgange zu zerfleischen. Im Vorzimmer wurde er noch durch ein Getümmel aufgehalten. Der Gnä Herr sei in ein Lawur gefallen, kreischten die Mägde. Jetzt, das war Eynhuf zu viel. Ganz verschüchtert huschte er aus der Türe und galoppierte die Treppen hinab.

Im ersten Stock blieb er unter dem roten Öllämpchen stehen, das ein Bild der sieben Schmerzen Mariens schmückte – zur Erinnerung an einen Unfall, der vor Jahren an dieser Stelle geschehen war – und blickte seufzend zu dem Gnadenbilde auf. Bittere Vorwürfe machte er sich.

Hätte er nicht eine Lanze als Ritter der Zisch-Annerl brechen sollen? Aber schon einmal die Suada der Damen! Kann man ein Mühlwehr hinaufschwimmen? Nein! Na also!

Als vorsichtiger Beamter hätte er auch nie Partei ergreifen dürfen für die Tochter eines Mannes, der offenbar eine Staatswürde – in dem Falle das Abstauben der Maria Theresianischen Militärkäfersammlung – zugunsten schnöden Lohnes bei einem Privaten hintan setzte. Weiß der Himmel, was er dort alles zu tun hatte! Vielleicht die Erzeugnisse einer die Sinnenlust aufpeitschenden Schandpresse fein säuberlich zu registrieren! Der Großkopf besaß – das war eine offenes Geheimnis – eine erkleckliche Anzahl solcher Bücher, von denen wohl das schrecklichste war: »Die Memoiren eines Linzer Voyeurs« oder: »Die gründlich gelüfteten Alkovengeheimnisse von Urfahr« – mit imp. fol. großen Kupfern von Löschenkohl – alles sauber mit der Hand koloriert und in den höchsten Lichtern schändlicherweise sogar noch vergoldet!

Kannte doch Eynhuf das Buch genau, da sein Inhalt zur Erläuterung des Confiscationsbefundes im dasigen Amtsblatte sowohl als auch im Diöcesanblatte ohne Auslassung abgedruckt erschien, während andrerseits die beanständeten Kupfer drei Wochen lang auf den Pranger am Hohen Markte geklebt, bei Trommelklang und stündlich wiederholtem Trompetengeschmetter als abschreckendes Beispiel öffentlich von jedermann besichtigt werden konnten.

Noch nie war die Abonnentenzahl beider Blätter so hoch gestiegen, und eifrig fahndete die öffentliche Gewalt nach weiteren unzüchtigen Publicationen. Das muß zu ihrer Ehre gesagt werden.

Deutlich erinnerte sich Eynhuf, daß täglich dieselbe, durch ihre auffallende Frömmigkeit bekannte Dame der höchsten Aristokratie in tiefster sittlicher Entrüstung die schmachvollen Bilder stunden lang betrachtete und dann jedesmal unter Weinkrämpfen davongetragen werden mußte, und daß es dem französischen Botschafter nachträglich leid war, der hohen Dame so viel Schmerz bereitet zu haben, denn er war es, der die anonyme Anzeige erstattet hatte, da die französische Botschaft, die heimlich mit Pariser Artikeln und dergleichen handelte, sich in ihrem glänzenden Erwerb durch einheimische Produkte bedroht sah.

Aber weh tat es Eynhuf doch, daß die Jausengäste die ihm so liebe Mädchenblüte zuerst so schrecklich mit dem Speichel der Lästerung begeifert und dann durch den Staub gezerrt hatten. Heimlich saß der Stachel, während das sakrosankte Bild der Schosulan den Giftspritzerinnen der Hofzwergischen Cafécorona unerreichbar erschien. Ursula, du Keusche! Du wirst dereinst in einem von Einhörnern gezogenen juwelenstarrenden Stellwagen im Paradiesesgarten umanandfahren dürfen – im Damencoupé für weibliche Heilige natürlich – Sankt Aloysius als Kutscher!

Wenige Tage später begegnete Eynhuf dem Aktuar Staubmayer vom Militärfindelhaus, einer Schöpfung des guten Kaisers Josef. Staubmayer, ein netter junger Mann, der als Cousin des Fräulein Luft über alle Vorkommnisse im Hause Zumpi wohl unterrichtet war, lächelte fein, als er Eynhuf just am »Stoß im Himmel« begegnete.

»Nette Sacherln stellen Sie an, nette Sacherln! Sie Vocativus Sie! Schickt sich das für einen Mann wie Sie, die Blüte seines Standes, der allen Leuten zum Vorbild dienen sollte! He?« Ein neckischer Rippenstoß folgte.

»Das glaub ich – das schmeichelt Ihnen, einen Eiertanz zwischen gebrochenen Herzen zu exekutieren!«

»Was, ich ein Eiertänzer? Sowas würde sich nie mit meinen Goldborten und dem Federhute vertragen, mein Lieber! Bitte machen Sie auf der Straße und noch dazu in der Nähe eines k. k. Hofgebäudes …«, Eynhuf deutete auf die oberste Finanzstelle, »keine solchen Witze!«

1921
F. H. O.

»Ja, ich bleibe dabei«, erwiderte Staubmayer, »gebrochene Herzen! Nett haben S' es hergerichtet, die Zumpische! Wie Sie von der Jausen fortgangen sein, hat mir die Cordula erzählt, ist eine gewisse Crispin', wann S' s' kennen sollten – lange schweigend dagesessen und hat gar nicht gemerkt, daß sie den Finger im heißen Café hat. Auf einmal springt s' auf, daß die Tassen nur so geflogen sein, und röhrt grad heraus, daß alle ganz erschrocken aufg'sprungen sind, so hat s' ausgschaut.

Und röhrt und röhrt und schreit in einem fort: Sie geht zu die Urschulinerinnen. Die Mutter hat s' gleich zu Bett bracht und ihr Fennichelumschläg aufgelegt und heißen Powidl auf die Fußsohlen – aber das haben alle g'sehn, daß die hysterische Schraubn – 'tschuldigen schon – wegen Ihnen so g'röhrt hat; 42 Jahr is' jetzt! Ja, da begreift man's schon. Wann S' a Einsehen haben, dann heiraten S, s' bald, sonst, fürcht' die Cordula, wirft sich die noch dem Čzwačzek an den Hals … 'mpfehl mich – muß ins Igeltheater zur ›falschen Pepita‹!«

Ganz verdattert stand Eynhuf da. Dann rang sich's ihm aus tiefster Brust: »No, nein! Das darf nicht sein! Daß das reine Wesen am End' gar dem lüsternen Čzwačzek zum Opfer fällt – der soll ja, hör ich, ein wahrer Faunus sein mit seiner verschnörkelten Wollust!« … Im selben Augenblicke prallte er mit der Mutter Zisch und deren Töchtern zusammen.

»O guten Abend! Trifft man Sie auch einmal?« Sie reichte ihm die Hand aus dem aufreizend roten Futter des schwarzen ringelfelligen Müffchens hervor. Wirklich ein Wunder! Wo soll ich das hinschreiben? Ja, Sie sind eben zu fleißig? Gewiß Weihnachtseinkäufe machen?«

Dann zu den Mädchen: »Grießt's doch den Herrn Hofsekretär!«

Annerl stand brennrot da und kickste bloß, den Finger an den Lippen, Poldi starrte ins Leere und verkörperte mit schwer nachzuahmender Virtuosität ein beklemmendes Nichts.

»Lassen Sie sich doch auch einmal bei uns anschaun«, lud ihn Frau Zisch freundlich ein. »Kommen S' doch auf ein Stückel Weihnachtsstritzel, Rat Großkopf wird auch da sein, Sie wissen doch, er ist über die Kraxlerischen verwandt mit meinem Mann und schenkt den Mädeln immer so hübsche Heiligenbilderln. Nicht wahr, Annerl?«

»Kschiksch«, machte Annerl und schwang die molligen Hüften rapid nach links. Poldis Athem rauchte nicht einmal in der Kälte. –

»So viel Indischeschtionen hat es, das arme Kind«, erzählte im Weitergehen Frau Zisch. »Wir gehn eben in die Bärenapotheke, ein Fiakerpulver für sie kaufen, damit das arme Kind auch eine bescheidene Weihnachtsfreude hat. Für die Annerl gibt's ein Paar neue Hausschuhe – bitt Sie, mit dem Wirtschaftsgeld, das mir der Meinige gibt, kann ich keine großen Sprünge machen.«

Unter solch traulichen Gesprächen durchwanderte das vierblättrige Kleeblatt den Christkindelmarkt mit seiner billigen Pracht, von traumhaft bunten Laternen oder rötlich schwelenden Ölfunzeln magisch beleuchtet. Prozessionen von Marktweibern in Röhrenstiefeln, von heiser quakenden Vorbetern geführt, zogen singend in die Kirche »Zu den neun Chören der Enge«; ihnen folgten im Bittgang die concessionierten Ameiseierhändler, deren summendes Gebet vom schrillen Singsang der Zinnkrautausrufer abgelöst wurde. Der melodische Chor der bürgerlichen Lavendelweiber fand einen tiefernsten Nachhall im brummenden Baß der Aschenmänner.

Die Laternanzünder trugen auf prunkvoller Bahre einen leuchtend vergoldeten St. Florian mit sich, die Brezelbäcker hingegen unter reschem Gesang einen heiligen Erasmus – bezeichnenderweise den Patron der Darmleidenden.

Das zirpende Singen der beeideten bürgerlichen Grillenhäuselerzeuger – wackerer Männer, deren streng katholische Gesinnung über jeden Zweifel erhaben war – war über dem Ganzen verstreut wie Katzensilber im Sande.

Eynhuf empfahl sich, um zu Hause sein bescheidenes Abendbrot beim Scheine eines Wachsstockes zu verzehren, und dann das Gebetbuch mit dem Monogramm, aus Totengebein geschnitzt, aus dem Schreibtisch zu nehmen.

Das getan, holte er die würdige Schosulan ab, um mit ihr in die Pumpermette bei St. Stephan zu gehen, welch frommen Brauch Eynhuf sich nicht nehmen ließ, ebensowenig wie den, daß er zu Ostern beim »Feinschmecker« kaltes Lämmernes naschen ging – mit geweihtem Kren. (Am besten schmeckte der vom Pater Theobald bei den Kapuzinern benedizierte.)

Überall eilten Menschen durch die eisglänzende Mitternacht und drängten in den tiefernsten Dom, dessen tausend glitzernde Kerzen das Geheimnis der gotischen Wölbung nicht zu entschleiern vermochten. Das halblaute Beten der Menge murmelte den Priestern zu, dann jubelten Kinderkehlen in diamantenem Schmelz unirdisch schön zum Silberklang der Posaunen und dem dumpfen Wirbel der Pauken … und die Schosulan nickte in seligem Schläfchen. Neckische Punschgeister schenkten ihr das bleierne Sperrsechserl, das Einlaß gewährt ins Paradies der Vergessenheit.

Dieses Weihnachtsfest sollte dem einsamen Spatzen, dem Hofsekretär, eine sinnige Überraschung bringen. Zwergs Crispine hatte lange ihr bescheidenes Nadelgeld zusammengespart, um dem geliebten Manne einen heißgehegten Wunsch zu erfüllen, wie sie wohl wußte, einen Stiefelknecht in Form eines großen gußeisernen Käfers, eine kühne Neuerung, die damals allgemein berechtigtes Aufsehen erregte. Auch als Briefbeschwerer war der schmucke Gegenstand nicht übel zu verwenden.

Überglücklich nahm Eynhuf Hut und Wintermantel und schlenderte gemächlich der Hundsturmerstraße zu, wo die Zischischen eine billige, aber behagliche Wohnung innehatten.

Ein dünner Christbaum war mit viel ordinärem Zuckerwerk behangen. Der Besuch mußte auf einem der lyralehnigen, wichsleinwandbezogenen Kirschholzstühle Platz nehmen und bekam ein dampfendes Glas Punsch vorgesetzt, auf dem eine faustdicke Stritzelschnitte voll Citronat und Rosinen duftete. Welche Freude er ins Haus brachte! Eynhuf kam nicht mit leeren Händen, schenkte er doch dem lebhaften Annerl ein lustiges Gesellschaftsspiel: »Die Reise von Dingsda ins Pfefferland«, während er die mehr sinnige Leopoldine mit: »Übelhörs kleinem Zeitvertreib« beglückte, Ausgabe »B« für geistig etwas zurückgebliebene Kinder, ein Geduldspiel, das unter Garantie niemals ein Resultat zeitigte.

Mutter Zisch wußte, was sich gehörte und rief den Mädchen zu: »Singts doch dem lieben Onkel Jaromir das Weihnachtslied, an dem ihr so lange gelernt habt« – und:

»O Weihnachtsbaum«, erklang es, »o Weihnachtsbaum,
Wie grien sinds deine Zweige
Du bliehst nicht nur zur Winterszeit,
Nein, auch im Sommer, wenn es schneit …«

aber Annerl sang jetzt ganz allein. »Ich mag nicht singen«, war das einzige, was man von Poldi hörte.

»Ein Kreuz hat man mit dem Kind, es ist so viel scheu und vergeßlich«, klagte die Mutter. Dann zu Eynhuf gewendet, sagte sie leise: »Voriges Jahr hab ich das Kind aus gewissen Gründen – Sie verstehen mich schon – über nun schon einmal natürliche Vorgänge aufklären müssen – und jetzt glaubt sie schon wieder an den Storch! Was soll man da machen!

Aber sonst hat das liebe Christkind recht viel Schönes gebracht: den Mäderln die reizenden Geschenke vom Onkel Großkopf: der Leopoldine die Kirche von Maria Taferl, ganz aus Wachs gegossen (›Österreichs Myrrhenberg‹ steht drauf, ›auf welchem die jungfräuliehe Mutter

Gottes in ihrem schmerzhaften Bildnuss die Zähren ihres mütterlichen Mitleidens in weit entlegene Landschaften vergiesset‹). Und du, Annerl, zeig den Fotzhobel* her, den was dir der gute Onkel Rochus geschenkt hat!

Den ganzen Tag unterhält sie sich damit und kann schon die Volkshymne ganz nett darauf fingern – ja, das Talent! – Dem Meinigen« – der düstere Mann war inzwischen unhörbar ins Zimmer getreten – »die schöne neue Stelle, die ihm ein nettes Taschengeld einträgt; er ist, müssen S' wissen! Conductansager beim ›Nährvater Josef‹ geworden, der was der feinste Leichenbestattungsverein ist am ganzen Grund – da gibt's amal nichts.

Na, und was seine Freistunden sind – da geht er ins Hühneraugenschneiden. Ist ja keine Goldgrube, aber manchmal bringt er ganz hübsch was nach Haus!«

---

* Obsoleter Ausdruck für Mundharmonika.

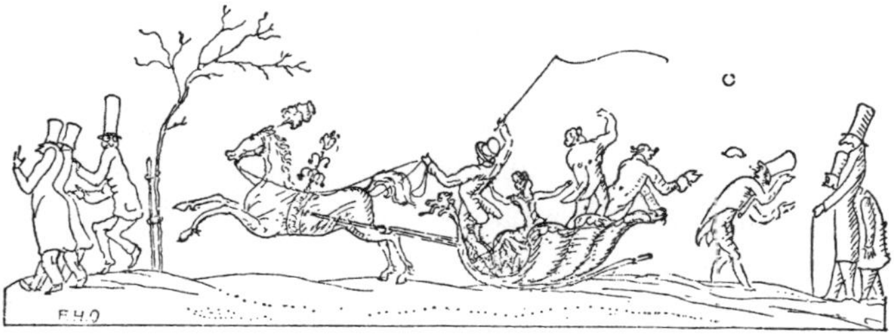

SECHSTES CAPITEL

Die glitzernde Eispracht dieser Weihnacht wurde fast noch vom Juwelengefunkel der Höllteufel übertroffen.

Die herrlichen Brokate, die ihr die Lebemänner vom Brillantengrund zu Füßen legten, wetteiferten mit dem blauen und milchweißen Mittagshimmel wie der pfirsichfarbnen, goldnen und topasnen Dämmerpracht der durchsichtigen Abende über der hunderttürmigen Stadt an der Donau. Was für Prunk und Luxus verbreitete man um die gefeierte Künstlerin, die in Raimunds neuestem Singspiel: »Das Zauberwagerl von Jedlersee« unerhörte Triumphe feierte.

Toll ging's um das dämonisch schöne Mädchen mit den nachtschwarzen Locken zu.

Matthias Würstl, der Selcherfürst vom Schottenfeld – der, sonst ein geschworner Feind jeder Bildung, nur etwas »fürs Thiater« übrig hatte, ließ sich den Cult dieser Sängerin ungezählte Tausender kosten. Er liebte, wie alle ordinär veranlagten Menschen, die Treibjagd und war vom Schnelligkeitswahn besessen, diesem Kennzeichen minderwertiger Subjekte. So pflegte er denn seine feurigen Jucker durch Schampusklystiere und Caviarfütterung zu höchster Kraftentfaltung anzuspornen.

Die goldene Jugend des Höllteufelschen Hofstaates wußte sich in den »feschesten« Einfällen nicht genug zu tun:

Man legte der Abgöttin im Prater für ihren alleinigen Gebrauch eine Schlittschuhbahn aus dem besten Riesling an, stellte »Am Hof« einen Schneemann aus gefrorenem Powidl auf und bombardierte bei den lustigen Schlittenfahrten die gaffende Menge mit Knackwürsten, in die funkelnagelneue Zwanziger eingeselcht waren. Wie mancher Papa vom Grund mußte dabei bluten, wenn Nehemias Hühnerfänger, ein Patriarch vom Schulhof, die Wechsel der Herrn Söhne präsentierte.

Ein Widerschein dieses Festglanzes stahl sich selbst bis zum korrekten Hofsekretär Eynhuf dergestalt, daß derselbe eifrig seine Vorbereitungen zur Zauberredoute traf, betitelt: »Die Nymphen der Hippokrene haben ein Rendezvous mit die Faune vom Berge Ida« – eine der glänzenden Veranstaltungen, die im Apollosaale unter des Balletmeisters Horschelt erprobter Leitung stattfinden sollte.

Es war die höchste Zeit, die Sache in Angriff zu nehmen, denn der sonst so gewissenhafte Beamte war so abgelenkt, daß er die unverzeihlichsten Fehler machte.

So zum Beispiel warf er den kaiserlichen Depotkatzen statt der üblichen Neujahrsremuneration von acht Kreuzern Schein eine solche von sieben Kreuzern Münz aus, was vielen derselben eine Herzverfettung brachte. Ja, er vergaß sogar das Stichwort für den Eintritt in das Reservatactenzimmer des Hoftrommeldepots, das dem dortigen Wachtposten dreimal zugeflüstert werden mußte. Da unglücklicherweise auch dem Hofrate Sauerpfister das Wort entfallen war, gab's eine grenzenlose Confusion, denn dem Posten, einem Veteranen aus dem Siebenjährigen Krieg, war der Verrat des Losungswortes bei Todesstrafe, verschärft mit dreizehnjährigem Nachdienen, verboten. Anders war der fürchterliche Zustand nicht zu beheben, als daß man durch einen in hervorragender Stellung befindlichen Herrn – er war, nur soviel dürfen wir hier sagen – der Stolz und die Hoffnung des czechischen Volkes – einen Einbruch verüben ließ. Siehe! Es gelang. Alles athmete erleichtert auf, der Mann avanzierte wie toll, und ein deutscher Bezirk nach dem andern wurde als Dank von oben dem wackren Volke, das solchen Sohn gebar, geopfert.

Als Schmetterling also sollte Eynhuf auf den Ball gehen. »Gut. Aber die Oberflächlichkeit vom Großkopf!« haderte er bei sich. »Der macht's sich leicht, einen so allgemeinen Rat zu geben.« Für ihn als correkten Beamten galt es zu allererst einmal, sich zu überzeugen, ob etwa eine oder mehrere Schmetterlingsorten höheren Ortes unbeliebt oder anstößig, vielleicht sogar – Gott behüte! – staatsgefährlich seien. Auf Befragen erfuhr er vom Hofrat Gimpelzäumer, dem Generalprocurator der k.k. Familienfideicommisschmetterlingssammlung, auch Kammerlepidopterologen des Heiligen Stuhles, daß der Kohlweißling, der Weinschwärmer, und die – leider! – von der glaubensfeindlichen Wissenschaft so genannte Nonne Schädlinge seien; also die waren ausgeschlossen.

Des weiteren stand bei ihm fest, daß er natürlich nur als besserer Schmetterling, der seinem Range als Hofsekretär angepaßt sei, gehen dürfe: z.B. als Ordensband. Hm. Vielleicht eine zu unzarte Anspielung, die höheren Ortes verstimmen könnte. – Als Seidenspinner? Nein, riecht zu sehr nach Professionist. Als Admiral wäre er sehr gern gegangen, aber das wäre unbescheiden gewesen, denn dieser Schmetterling rangierte naturgemäß in der sechsten Rangsklasse mit den Hofräten. Als großer Frostspanner? (hibernia defoliaria) ... Als Queckeneule? (hadena basilinea), oder als Apfelgespinstmotte ... nein, das alles war zu unansehnlich. Oder sollte er gar als Rübsaatpfeifer gehen (bootis margitalis)? Als Holzbohrer, als Hornissenschwärmer? Da seien aber zwei bis fünf Paar Afterfüße, auch Bauchbeine genannt, nötig, und das machte zu viel Arbeit und Unkosten.

Tagelang brütete er, wie ihm der Entletzberger, ein in seiner Art gewiß einzig dastehender Fachmann, die für das Costüm notwendigen verkümmerten Oberlippen und vor allem den spiralförmig aufgerollten Rüssel (die sogenannte Rollzunge), fabrizieren sollte. Wie schwer würden doch die gesägten, beziehungsweise gekämmten Fühler und die großen halbkugeligen Facettenaugen zu machen sein! Halt! Da haben wir's! Und er hopste plötzlich vor Freude: Ich geh als Schwalbenschwanz! Die Natur hat sich da ja fast übertroffen, indem sie ihm die Farben des Allerhöchsten Hauses verliehen hat.

Aber dann kamen wieder die Würmer des Zweifels gekrochen: Nächtelang wälzte er sich schlaflos auf seinem einsamen Lager: Es schien ihm für einen Mann, der ein so wichtiges Staatsamt bekleidete, platterdings ausgeschlossen, einen öffentlichen Ball ohne Frack am Leibe zu besuchen.

Endlich kam ihm die Erleuchtung auch hier. Ein Kind der Frielingsblietendifte im Frack mußte er werden! So sprach die innere Stimme, wie immer in intimen Momenten leicht böhmelnd zu ihm. Somit war diese Frage geregelt.

Manchmal machte er sich jetzt vor dem Spiegel ein Compliment: »Also du schelmischer Honigdieb mit dem goldenen Kragen, wie werden dir die Herzen der feinsten Bürgersmädchen entgegenschlagen, wenn du mit ihnen im Walzertakte dahinschweben wirst! Prinzen und Grafen werden dich um dein originelles Costüm beneiden, und dein ist der Milchzahn des verwöhnten Lieblings der Kaiserstadt!« Dann kam es wohl vor, daß der sonst so steife Herr zwei Dosendeckel als Tschinellen benützte und vor dem Spiegel eine feurige Polka oder Tänze voll slawischer Schwermut und verstohlener Leidenschaft studierte. »Hupf zwei drei, Hupf zwei drei«, kam es da seltsam von seinen Lippen, und gut war es, daß niemand im Amte von diesen Vorgängen Kenntnis bekam.

Das nächste Abenddämmern sah den in solch liebliche Träumereien versponnenen Eynhuf zum Meister Entletzberger in die Strozzigasse tänzeln. Welch ein Staunen malte sich auf dem Gesichte des trefflichen Künstlers, der die zartesten Gratulationskarten aus Seidentüll, Spinnweben, Gold und Perlmutter herzustellen wußte, als der junge Cavalier ihm etwas von oben herab zurief. »Nehme er mir Maß zu einem Schmetterling, Schwalbenschwanz, natürlich ganz auf Seide gearbeitet! Flügel zwei Klafter hoch … einen Zylinder mit Fühlhörnern besorgen Sie mir auch … die sonst bei Schmetterlingen vorschriftsmäßig vorhandenen sogenannten Afterfüße können Sie weglassen …«

Dann ging's zum Schneider. »Sie Netschek, passen S' auf: Machen S' mir einen eleganten Frack ganz aus Jett, Beinkleider aus gelbem Samt, mit lauter Jettknöpfen besetzt – schmale Goldborten müssen auch vorhanden sein. Die Hosentaschen hübsch groß machen, da kommen Honigzuckerln hinein für die Katzerln! Aber ein bißl presto, wenn ich bitten darf!«

SIEBENTES CAPITEL

War das ein Drängen und Stoßen vor dem Apollosaal, dieser Stätte fein bürgerlichen Frohsinnes! Endlose Wagenburgen schoben sich in dichten Reihen zusammen, manche hochadelige Carosse darunter, die Lakaientritte besetzt, eine Augenweide für die gaffende Menge!

Aber das größte Aufsehen, ja selbst Kopfschütteln erregte ohne Zweifel der rigoros verschlossene, haushohe Culissenwagen der Hofbühnen, der gleich den andren sterblichen Fuhrwerken Queue bilden mußte. Das Geheimnis sollte bald und zwar von hoher Hand gelüftet werden.

Es war Erzherzog Ignaz, der mit seinem vergoldeten Achtspänner vorgefahren kam. Ihm war selbstredend der Vortritt vor allen andren Equipagen gewahrt.

Jedoch ließ der hohe Herr sofort halten, als er des Ungetüms in der Wagenkolonne gewahr wurde. Erzherzog Ignaz, der es unter keinen Umständen leiden mochte, daß jemand andrer in einem auffallenderen Vehikel als Höchst Er zu fahren sich erdreistete, sprang mit bekannter Elastizität ab und fuhr ziemlich unsanft den Kutscher der monströsen Arche an:

»Was führt er da? Will hoffen, bloß Decorationen!«

»Bitte nein, halten zu Gnaden, kaiserliche Hoheit«, erwiderte zitternd der Rosselenker, »bitt nein, bloß einen Schmetterling!«

»Was! An Schmetterling! Ist er des Teufels?! Wozu so eine große ›machine‹ – dazu genügt ein Dienstmann mit an Grillenhäusel im Hosensack – heraus mit dem Vieh!«

Zitternd nestelte der Kutscher, vom Leibjäger unterstützt, die Plachen auseinander, und – der hohe Herr traute Höchstseinen Augen kaum, als er der ungewohnten Maske ansichtig wurde. Eine peinliche Pause entstand.

Dem unglücklichen Hofsekretär schlug das Herz so heftig, daß die Jettstücke klimperten.

Verlegen nahm er den seltsamen Zylinder mit den nikkenden Fühlhörnern vom Haupte, fing ganz unerwartete Flatterbewegungen an, denen der hohe Herr nur mit Mühe ausweichen konnte und schlug, noch immer wortlos, dem rasch herbei geeilten Ehrencavalier Seiner kaiserlichen Hoheit so mächtig auf den Kopf, daß es weithin dröhnte. Wortlos winkte der hohe Herr ab, bei dem die Lachlust den Zorn besiegt hatte, und der fassungslose Sekretär hüpfte schwebend, in tödlicher Verlegenheit Entschuldigungen summend, die zwecklos ins Leere gerichtet waren, dem Saaleingang zu, in dem er bald lautlos, nicht ohne schwierige Verrenkungen, verschwand.

Donnerndes Hallo begrüßte den prächtigen Falter. Ein Kerzenmeer beleuchtete im riesigen Saale die schwirrende, jubelnde Menge, auf die ein Olymp steif gemalter Götter niederblickte. Auch unten gab's Göttinnen und zahlreiche Nymphen, ein stattliches, wohlgenährtes mythologisches Gesindel, dem Schwechater Nektar und geselchter Ambrosia nicht abhold. Welch entzückenden Blütenstrauß der schönsten Mädchen und Frauen gab's da zu sehen, mit starrender, blumiger Seide und duftigem Musselin geschmückt – deren anmuthige Lebensfreude als unbewußtes Preislied zum Throne Aphroditens emporstieg, der geheimen, gnadenreichen Schutzherrin, der mystischen Rosenkönigin der Ostmark!

Die herrlichen Weisen, die oft am Donaustrand in üppiger Pracht erklingen, sind Weihrauch der zu IHR emporsteigt, doch das wissen Eynhufe nicht, und wenn ein Esel am Altare der Schaumgeborenen als Opfertier fällt, kommt er sich tragisch vor, und seine Stammesbrüder sprechen dann grübelnd von unerklärlichen Rätseln des Schicksals.

Was gab's da alles für den scheuen Sekretär zu sehen: Harlekine und Nymphen, feiste Pompadoure und groteske Ritter einer mißverstandenen Schnupftabaksgotik, die sich behend zu den Weisen drehten, die der beliebte Dirigent Flohhirt dem Orchester abzujagen wußte. Jacobäa Guckeisen, die ewig junge Tragödin, war als capriziös gekleideter Fasan gekommen, mit barock nickendem, goldenem Federschmuck am etwas zu kleinen Haupte. Ihre weit auseinander stehenden Augen blickten seltsam starr wie aus Horn geschnitten auf einen Herrn, der, als Nachtkastel maskiert, sie unablässig verfolgte – den Kopf als Lampe drapiert, daneben ein Glas Wasser! Kammersänger Čzwačzek war richtig als Faun erschienen, Jalowikar trug einen meerschaumblonden Frack, eine Weste aus Canarifedern, veilchenblaue Beinkleider und weiße Atlasschuhe, hochgestöckelt, mit klirrenden Tanzsporen.

Der Bierbrauer Bamstl war als Backhuhn vorzüglich verkleidet und legte ab und zu gackernd einen Ducaten, den er großmütig den Nymphen spendierte.

Die schönste Gruppe war ohne Zweifel der römische Kaiser Leopoldus mit ungeheurer schwarzer Allongeperücke aus gekräuseltem Roßhaar und seine Gemahlin Eleonore von Gonzaga, die dünnen Lippen mit Granatapfelsaft blaurot geschminkt. Würdig schritten sie einher. So oft sie stehen blieben, spielten zwei Cellokünstler rechts und links von ihnen eine Cavatine aus dem Cigno d'oro, während hinter den Majestäten der Marquis von Obizzi auf einem silbernen Bombardon, das ganz mit geätzten

Liebesszenen aus Ovids Metamorphosen bedeckt war, ein dröhnendes rondo amoroso blies.

War er fertig, goß er das Instrument aus, blickte sich streng um, ob auch alle richtig zugehört hätten und schnupfte funkelnden Staub aus einer kostbaren Dose von Goldemail, verziert mit Götterbildern, aus Edelsteinen kunstvoll geschnitten.

Plötzlich schlug Eynhufs Herz höher. Auf einer Estrade bemerkte er das Ziel seiner Wünsche, die Herrin des Milchzahnes. Wie schön war sie doch, als Rosenbukett costümiert, ein Märchen in Sonnenaufgangsfarben, schillernd und seideraschelnd, von großmaschigen Schäferinnen und ihrem männlichen Hofstaat umgeben.

Da war Würstl, der Schmalzprotz, der nicht von ihrer Seite wich, da war der steinreiche Pumpelgruber, daneben Bizotti, der Seidenkönig von der Andreasgasse, und die jungen Schweißhunde der Bühnenkönigin, Lukaseder und Beinhardt, die wegen ihr zum Theater zu gehen gedachten.

Mühsam steuerte der Falter der Sonne zu und war ihr schon recht nahe. Da geschah etwas Furchtbares.

Aus dem Maskengewühl sprang ihm die bildschöne Helena Kollokotronis mit den dunklen Pagenlocken entgegen, zu deren bubenhafter Grazie das Kostüm eines »silbernen Brezelbuben« reizend stand, und saß ihm rittlings am Hals, ehe der empörte Eynhuf es verhindern konnte.

Jubelnd spornte sie ihn mit den schimmernden Stöckelschuhen und lenkte ihn vergnügt an den Fühlhörnern. Hinter ihm krachten Champagnerstöpsel, Parfumwolken und Juwelengeflimmer verwirrten ihn vollends.

Geschoben, gedrängt, gepufft und geritten kam er endlich zur Estrade. Schallendes Gelächter empfing den geschundenen Ballgast. Wütend verbeugte er sich, wobei es ihm wenigstens gelang, den übermütigen Fratzen abzubeuteln, der auf dem teuren Zylinder davonritt. Da stand er denn ohne Hut, murmelte etwas von »Spenadelarie« und Hofbühne.

FHO

Belustigt trat ihm die Gefeierte entgegen. Lächelnd klopfte sie ihm mit dem Fächer auf die schwarze Calotte mit den Facettenaugen, die er glücklicherweise unterm Zylinder getragen hatte, und fragte ihn: »Möchten S' wohl bei mir Honig naschen, weil S' mich für ein Bukawettl anschaun? Ha?«

»Oh nein, behüte, behüte, würde mir nie erlauben, aber eine große Bitte hätt ich wohl … Fräulein Höllmauer, nein, pardon, Fräulein Höllbeißer … ja …. ich . . nämlich, müssen wissen … es handelt sich nämlich um ein Opfer am Altar des Vaterlandes …«

»Was«, entgegnete ihm entrüstet die Diva, »sein S' am Ende gar a Agent von die überschwemmten Wäschermädeln vom Himmelpfortgrund, die was vom Eisstoß erwischt worden sind? Da wird nix teilt …«

»Aber bitte, belieben mißzuverstehen, werden lachen … bitte« – er wurde blutrot – »bitte, bloß ihre Milch … z … h … ahn …«

»Meine Milch … was?«

»Ja! … Bitte!« … Flehend und abwehrend erhob er die riesigen Flügel und kehrte mit ihnen die starrgewordenen Zuhörer förmlich weg …

»Oh bitte Ihre Milchzahnderln« – jetzt brüllte er – »nein, bloß einen Milchzahn, den was Sie gewiß irgendwo aufgehoben haben, möchte ich – so hören Sie doch … aber bitte fürs Vaterland, für'n guten Kaiser!«

Eisig sah ihn die Höllteufel an: wohl ein Irrsinniger. Dann sagte sie mit grausamer Schärfe: »Meine Milchzähne habe ich zu was G'scheiterem, als sie am Altare des Vaterlandes niederzulegen. Übrigens hab ich noch nie einen Schmetterling gesehen, der so nach Leim stinkt. Schweben Sie gefälligst weiter! Adiö, verdufte!«

Zerknirscht ließ der Hofsekretär die Flügel hängen.

»Was, Schmetterling? … a Roß sein S', varastengen S' mi«, knurrte Würstl. »Ziagn S' ab, Sö geflügelter Milchmaier Sö vardöchtigar! Ihrn Millihahn möcht er! Ja dös schmecket eam … dös glaub i …«

»Aber bitte, irren«, wehrte Eynhuf ab, »wie kann ich denn etwas wollen, das es gar nicht gibt! Bitte MILCH-ZAHN, Zahn, nicht Hahn.«

Lange sah ihn Würstl vernichtend an; dann murmelte er: »I schamet mi. Saumagen, kadrillierter!« und kehrte ihm den monumentalen Rücken.

In elender Stimmung schlich Eynhuf von dannen. Wahrlich, der Abend hatte sich schlecht angelassen. Bloß eines Milchzahnes wegen war er gekommen – den hatte er nicht gekriegt – wohl aber statt dessen etwas verloren – das war ihm klar – sein Herz. Ein noch nie gekanntes Gefühl wonnigen Schmerzes durchglühte sein Inneres – ja, es wurde nicht anders: Er, ein Eckstein des Staatsgefüges, dessen Herz früher bloß die glühendste Liebe zum Vaterlande … oh – es war nicht auszudenken … sein Herz an eine Höllteufel zu verlieren! War sie schon auch in allerhöchsten Hofdiensten – sie war und blieb doch immer in seinen Augen ein Geschöpf, das in irgend einem Zusammenhange mit der Vagabundenverordnung für das »Viertel unter dem Wienerwalde« war. Fahrendes Volk! Zigeuner! O je, je, je.

Er wankte nicht ohne Mühe einer Palmengruppe zu, in der er wie eine Windhose hauste, ehe es ihm glückte, seinen müden Gliedern etwas wohlverdiente Ruhe zu verschaffen.

Da stand plötzlich ein junger Stutzer vor ihm, Schell von Hagelkreuz genannt.

»Haben Sie vielleicht Pralinés ’gessen, die mit gesalzener Schuhwichs gefüllt waren«, sprach der freundlich zu ihm. »Akrat so an Gsicht machen Sie nämlich. Auf, auf, Sie geknickter Falter!« Er faßte ihn bei den Schultern. »Die Kreuzbandschucherln von ganz Wien warten auf Sie, mit Ihnen zu tanzen! Schwebe Falter, schwebe! Schwebe, Bruder Honigseim!

… Aber was ist denn das? Sind Sie ein eitler Bursch – Sie riechen ja nach Lilien im Genick! Wie kann man denn als

Mann sich parfumieren? Andrerseits – wo haben S' denn Ihnere Glanzbutten? Die muß wieder a jeder haben, was a richtigs Mannsbild ist! – Sie, mit Ihner is was vorgangen.«

»Ja leider, das ist es eben«, erwiderte mürrisch Eynhuf, »da ist mir ein nichtsnutziger Fratz in Silberflittern auf den Hals gesprungen – hab mich geniert für sie – Kollokotronis heißt sie ...«

»Was Sie nicht sagen? Sie, Sie, schaun S', ich ... na ... übrigens ... wissen Sie so genau, daß das die Helena Kollokotronis war? ... Was sagetn Sie, wann die zum Beispiel jetzt zu Haus schlafet in ihrem weißen Betterl – aber – das verstehen Sie nicht – lassen wir das. Ja, Masken, Masken ... na, ich wünsch Ihnen einen angenehm angebrochenen Abend. Entschuldigen mich – nicht wahr –«, und fort war er.

Eynhuf war es bitter zu Mut, und grimmig fluchte er Großkopf im Innern seines Herzens. Tanzen konnte er nicht, sah sich überall als lästiges Möbel behandelt – ja, eine neckische Damengruppe fragte ihn gar, ob auch Schmetterlinge am Pips erkrankten ... dazu litt er physisch bittere Qualen, da ihm der ungewöhnlichen Ausdehnung seines Costümes wegen nicht alle Türen offen standen. Deshalb beschloß er, bald zu verschwinden. Zu Fuß mußte er gehen! In dem Aufzug stand ihm sicher ein harter Leidensweg bevor! Die Angst vor dem Bewerfen mit Pferdeobst! Hu! Aber was blieb ihm übrig? Der Culissenwagen war feige geflohen.

Kaum hatte der Bedauernswerte seinen Fuß vor die Türe des Saales gesetzt – von den Fiakern höhnisch mit: »Fahr' ma – Euer Gnaden«, begrüßt und sprachlos von den sonst so geräuschvollen Wagentürlaufmachern angestaunt, sollte er so bald nicht mehr den Boden berühren.

Ein kräftiger Weststurm erfaßte den bejammernswerten Schmetterling und jagte und rollte den stolpernden, schwebenden, ob er wollte oder nicht, die Mariahilferstraße hinunter.

»Halts'n auf«, und andre wirre Rufe tönten durch die Nacht.

Toll gewordene Comfortabelgäule rasten hin und her – mit gleichsam flehend emporgestreckten Vorderhufen trampelten Fiakerrosse die Hauswände in die Höhe, rollenden Irrsinn in den Augen. Fluchen verzweifelter Kutscher ertönte und hilfloses Kreischen aus den rasselnden Wägen.

Einen schreienden Würstelmann schleifte der surrende Falter mit sich, um ihn bald gegen einen diensthabenden Kanalräumer einzutauschen. Aber o weh, o weh, was gab's für eine fürchterliche Szene, als der steife Hofbeamte, wirre Entschuldigungen stotternd, in eine Gruppe heimkehrender Herren und Damen hineinflatterte!

Jetzt bekam er wohl festen Fuß – aber um welchen Preis! Die Gesellschaft glaubte sich angerempelt, und hageldicht sausten die Schläge auf den frierenden Honignipper. Da war's Gott Boreas, der ihn gnädig befreite. Im Nu verschwand der Unselige, sich überkugelnd in der Dunkelheit, ein Urheber neuer irrer Schreie und Patron einer sich immer weiter ausbreitenden Pferdepanik.

Am Glacis sollte ihn sein Schicksal ereilen. Von dem hier immer herrschenden Wirbelwind gepackt – leider gerade vor den Hofstallungen – schlug er grausige Räder, einen klirrenden Hagel von Jettstücken verstreuend, um schließlich strampelnd in einem wirren Gebüsch hängen zu bleiben.

Die atemlos herbeigeeilte Wache klaubte ihn vom Gesträuch und brachte den vor Kälte und Aufregung zitternden Festgast in die Wachstube.

»Melde gehorsamst«, berichtete der Wachmann: »ein nächtlicher Ruhestörer!«

»Was, Sie Esel«, schnaubte ihn der Commissär an, »segn S' denn nöt, daß dös gar ka Mensch nöt is, sondern a Fuhrwerk!«

»Aber bitte«, verwahrte sich Eynhuf.

Zum Hirten Paris
FHO

»Sein S' ruhig bis S' gefragt werden«, schnauzte ihn der unhöfliche Beamte an. »Sö san a Fuhrwerk, weil S' über vier Schuch breit san und habn laut kaiserlicher Verordnung vom 14. Mai 1796 zwei Laternen und a Numero zu führen, stets die Lizenz bei Ihna zu haben, ausgenommen Sie san a Hofewibasch! Aber da müsseten S' vergoldete Radeln haben und an Bock mit Tressen!

Bemmerlfeind«, wandte er sich zum andren Wachmann, »schirrn S' ihn ab und marsch in den Kotter!«

»In den Kotter! Nie!« brüllte jetzt Eynhuf und rasselte schauerlich mit den Skeletten der Flügel. »Ich bin kein Fuhrwerk, sondern ein als Schmetterling …«

»Ja, dann muß i Ihna ins Tierspital abschieben …«

»Aber hören Sie doch. Ein als Schmetterling maskierter hoher Beamter!«

Das erlösende Wort war gefallen, bald war eine Einigung getroffen, und Eynhuf wurde, in einen alten Dienstmantel gehüllt, nach Hause gebracht. Da er seinen Torschlüssel hatte, bemerkte die Hausmeisterin, die gefürchtete Frau Laushäubl, nichts vom Zustande des unseligen Ballbesuchers.

ACHTES CAPITEL

Acht Tage lang wälzte er sich, ein bedauernswertes Opfer der Faschingslust und harmlosen Mummenschanzes, in schwerem Schnupfenfieber, die lichten Momente düster durchgrübelnd oder verbittert mit dem Schicksal hadernd, das ihn statt in die molligen Arme der Geliebten – wie er sicher gehofft hatte – fast ins Tierspital gebracht hatte. Aber auch wenn er gesund geblieben wäre, hätte ihn keine Gewalt der Erde so bald auf die Gasse gebracht, da er fürchtete, als der in den Zeitungen genau beschriebene »Gaulschreck von Mariahilf und der oberen Laimgruben« erkannt zu werden.

Im Amte mußte aber leider! doch etwas durchgesickert sein. Mit bitterböser Miene empfing den kaum Genesenen sein Hofrat, der an diesem Tage zu allem Unglück noch dazu von einem Einspännergaul angenießt worden war, und ließ ihn hart an, als er dienstfertig den besudelten Zylinder reinigen wollte.

Durch verdoppelten Fleiß und musterhaftes Betragen suchte der treue Eynhuf seine Stellung wieder zu festigen, aber das Thermometer der amtlichen Gunst war tief gesunken. Sogar das vom Sekretär besonders weich geriebene Closetpapier ließ der gestrenge Vorgesetzte kalten Blickes liegen! …

Dazu der quälende Liebeskummer! Abend für Abend konnte man jetzt den jungen Mann mit dem bleichen Gesicht auf einem Sperrsitz der Hofoper sehen, teils mit einer elfenbeinernen Lorgnette, teils mit einem kleinen Fernrohr unter Seufzern jede Bewegung der pikanten Künstlerin verfolgend, die Zwischenakte dagegen mit verschränkten Armen finster durchbrütend! Das beginnende Frühjahr steigerte seine Schwermut bis zur Erkenntnis, daß er das schöne Weib würde freien müssen, sollte er nicht dem Wahnsinn in die zottigen Arme eilen. Einen Zweifel an einem freudigen Jawort der Künstlerin gab es für ihn keinen Augenblick. Mit welch herzinnigem Jubel würde sie in seine Arme sinken, die er als Schild ausbreiten würde gegen den Unflat, mit dem das schutzlose Mädchen sich bisher hatte abfinden müssen!

Ja, mit diesen stolzen Männerarmen würde er sie aus besagtem Kotmeer herausrudern, das versprach er sich!

Aber, aber, die Mesalliance! Nun ja, sie ist ja Ka, auch Ka Ka – wild knurrte ihn ein vorübergehender Hund an – ja sogar: Ihrer Kakakaka Ha Ha* Kammerkünstlerin. Aber dennoch! Was würde seine adelsstolze und sittenstrenge Familie zu diesem Schritte sagen! Da war einmal Rücksicht zu nehmen auf den Onkel Aloysius Ohnschweyff von Leerenstall, mit seiner verbitterten, resigniert dreinschauenden Gemahlin Amöna, ein kinderloses Ehepaar, das überdies an seinem herabgewirtschafteten Gute keine Freude hatte und sein kümmerliches Los mit vornehmer Schäbigkeit trug.

Auch Onkel Hospodarewitsch, ein griesgrämiger Junggeselle, war da zu berücksichtigen und vor allem die Erbtante Amalia Huzzulini von Schrattenau – von Hospodarewitsch, nie anders als: »das bissige Luder mit dem

---

* Amtliche Abkürzung für: Ihre Kaiserlich Königlichen Hoheiten.

Watschengesicht« bezeichnet. Sie war sehr knauserig und hatte ihren einzigen Sohn, als er sich zum 21. Geburtstag um vier Kreuzer Maroni kaufte, verstoßen. Bei dieser strengen Gesinnung hatte Eynhuf alles zu fürchten.

Wenn er all dies bedachte, kam es wohl vor, daß er zu sich selbst sagte: Jaromir! Flieg nicht so hoch! Weg mit der Romantik! Bescheide dich! Wenn auch dein armes Herzerl blütet, denk nimmer an sie, an die Höllteufel! Bau lieber dem Annerl ein Nest! – Was hätte sein gutes Mutterl gesagt – eine geborene Rybičzka aus Brünn –, wie oft hat sie dir als Kind die Geschichte vom Knaben Gurko erzählt – einem Christenkinde, von den Türken entführet … dieser leistete hartnäckigen Widerstand gegen den Islam … die gelehrtesten Mollahs, selbst Scheiche waren machtlos. Später gelang ihm, als Belohnung, die Erfindung des Slibowitzes, seine Mutter, eine gewisse Wondraček aber, handelte mit Heiligenbilderln, die hinten mit Hühneraugensalbe bestrichen waren, und wurde, wenn auch nicht reich, so doch wohlhabend … siehst du! So wird es auch dir gehen! Sei bescheiden, entsage, und die Belohnung wird nicht ausbleiben. Weg mit dem Champagner, auch der Slibowitz ist ein Floh ins Bett.

Dann wieder packte ihn der Hochmutsteufel, doppelt bei der – leicht verzeihlichen – Eitelkeit. Malen mußte er sich lassen! Natürlich!

Lebensgroß, etwa an eine Urne gelehnt, das Auge ernst in die Ferne gerichtet, die linke Hand in den Westenausschnitt gesteckt, mit der rechten tändelnd eine Papierrolle – etwa ein Aktenstück – haltend. Im Hintergrund vielleicht der Fiskus mit Apollo scherzend? – oder so was – na, der Ferracutti oder Lampi (tüchtige Leute!) würden schon was Passendes finden. Dann das Bild schön heimlich ins Haus gestellt – also, die würde Augen machen! Deliciös, deliciös! Würde freilich viel Geld kosten und Monate dauern! A was! Dem Wagemutigen lächelt das Glück. Los auf die Höllteufel! Frau Fortuna auf blauer Kugel rolle voran!

Sein junges Blut war wohl schon durch den Aktenstaub etwas verdickt, aber noch lange nicht so weit, daß er Tinte schwitzte und sich die Glatze mit Streusand trocknen mußte, wie sein vermurrter Vorstand.

So kam es denn, daß er sich eines Nachmittags in Gala warf und beim Hause seiner Angebeteten in der Rauhensteingasse vorfuhr. Die enge Straße mit ihren hohen finstren Häusern war schon in nächtiges Dunkel gehüllt. Der blaue Abendhimmel mit einem funkelnden Stern lag in krystallener Klarheit darüber.

Die obersten Fensterreihen der vielstöckigen Häuser leuchteten noch im fahlen Glitzern des letzten Dämmerlichtes, während in den unteren Stockwerken da und dort ein verschleierter rötlicher Lichtschein gloste.

Dienstmädchen in Goldhauben huschten hin und her, aus den dämmrig beleuchteten Gewölben roch es gut nach Käse, Salami und Salzgurken. Grüne Flammen aus einer Spenglerwerkstätte brachten eine geisterhafte Note in das anheimelnde Straßenbild.

Auch hier kam Eynhuf nicht mit leeren Händen, als er eine mächtige, hallende Stiege zur Wohnung der Diva emporstieg. Knecht, der kunstreiche Zuckerbäcker, hatte ihm ein ellenhohes Wunderwerk aus Tragant geschaffen, einen Putto mit purpurner, goldverbrämter Tunika, der ein blaues Füllhorn trug. Zehn Pfund der köstlichsten Leckereien faßte es sicher. Was gab's da nicht alles! Verzuckerten Ingwer, viel Bärendreck, versilberte Ohrwürmer aus Lakritzen – der dernier cri der Saison – dann Mausseufzerlein, so nannte man damals die zarteste Sorte des spanischen Windes, und Schokoladenplätzchen mit buntem Streuzucker beschottert.

Er zog eine heiser bimmelnde Glocke; eine Eisentür aus Blumen und Bandelwerk öffnete sich ihm, der im nächsten Augenblick einem neckisch kichernden Zöfchen gegenüberstand. Ein leichter Duft von Lawendel, Patschuli und Pelzwerk wehte ihm entgegen.

»Ist die Demoiselle Höllteufelin wohl zu Hause?«

Eynhuf nestelte bei diesen Worten eine grüne Visitkarte aus Froschpergament – das Neueste, was es gab – aus seinem Perlmuttertäschchen mit silbernen Affen darauf, die um einen flötenblasenden Apoll Ball spielten. »Gebe Sie dies der Demoiselle.«

»Demoiselle lassen bitten.«

Da stand er in einem großen Gemach, in dessen samtenes Dunkel bloß zwei Kerzen den Goldstaub ihres spärlichen Lichtes streuten, doch genügend, um ihm das schöne Bild seiner Herzallerliebsten zu zeigen. Sie saß vor einem Nähtischchen voll bunter Seidenknäuel – so wollte es die Sitte der Zeit – und blickte schweigend bald auf Eynhuf, bald auf die ungeheure Attrappe, die er sorgsam auf ein Tischchen ihr gegenüber aufgestellt hatte. Sie nahm das Kärtchen in die Hand.

»Herr Edler von Eynhuf?«

»Zu dienen, Demoiselle.«

»Was verschafft mir das Vergnügen? Ja, täusche ich mich nicht, Sie sind ja der Schmetterling von der Redoute! Nette Sachen haben Sie angerichtet mit Ihrer ›machine‹. Sieben unschuldige Kanalräumerswaisen, denen Sie den Vattern erschlagen haben, sollen wegen Ihnen nach Brot schreien, habe ich im ›Journal für Mode und geselliges Vergnügen‹ gelesen. Wehe Ihnen, wenn das wahr ist, und ein Mörder mein jungfräuliches Gemach mit seinem blutigen Fuß entweiht!«

»Aber wo denken bitte hin«, wehrte indigniert der Sekretär ab, »– um Gotteswillen – welch grauslicher Irrtum!« Verstört blickte er bald in die unter nachtschwarzen Wimpern vor Entrüstung funkelnden Augen der Sängerin, bald in die saphirenen Kegel der Kerzenflammen.

»O, über die Sudelbätter! Nicht der ›Gaulschreck von Mariahilf und der oberen Laimgruben‹, nein, der Hofsekretär Jaromir Zdenko Maria Alois Johann von Nepomuk Franz von Assisi Edler von Eynhuf, vom Kaiserlichen

Hoftrommeldepot steht vor Ihnen, im Sommer auch zugeteilt dem Kaiserlichen Obersthofsilberlöffelbewahrer von Kärnthen und der Windischen Mark. Und als Fürsprech hab ich diesen tragantenen Gott da mitgebracht, daß er ein gutes Wort bei Ihnen einlege, Demoiselle! O blicken, bitte, nicht zur Seite, wegen Ihnen, nur wegen Ihnen ist ja all das Unheil über mich gekommen!«

»Wegen meiner?« fragte die Diva. »Ich weiß nur, daß Sie furchtbar nach Leim gestunken und immer was von einem Milchzahn gefaselt haben.

Kommen Sie am Ende wieder wegen diesem geheimnisvollen Milchzahn? Da sag ich Ihnen gleich, daß ich für solche Verrücktheiten nicht zu haben bin – denn was die Leute alles von mir wollen, das ist kaum zu glauben.«

»Nein, nichts will ich, und niemand soll mehr was von Ihnen wollen! Ich werd's nimmer dulden!«

Eynhuf war aufgesprungen und schrie die letzten Worte geradezu heraus.

Sein drohend erhobener Zeigefinger mit dem Siegelring warf einen grotesken Schatten auf die Wand. Einen Moment sah ihn seine Partnerin schweigend an, dann brach sie in ein nicht enden wollendes, übermütiges Lachen aus, dessen silbernes Glöckchen nicht zum Schweigen zu bringen schien.

»Lachen Sie nicht, o lachen Sie nicht, Demoiselle«, rief Eynhuf. »O, betrachten mich, bitte, als die Arche Noah, in der was Sie fliehen können vor dem Greuel dieses Gomorrha, wo zur Zeit, bitte, zu leben geruhen – hinieber nach den Gestaden Elysiums, wohin ich Sie mit diesen meinen, eigentlich nur dem Kaiser geweihten Händen hinieber rudern werde, durch den Sumpf des Unflates, der wo was bitte Fräulein leider! – umgibt … wie gesagt, hinieber nach Elysium, wo mit rosenbekränzter Fackel Hymen, ja Hymen! Ihrer harren soll …«

»Aber lieber Herr Erbtrommelvogt, oder was Sie sind«, unterbrach ihn lachend die Künstlerin, »ich denke gar

F.H.O.

nicht daran, ihre poetische Schinakelwirtschaft zu benützen … da sollen vielleicht dressierte Schwimmkäfer auf der Glasharmonika spielen, und die Karpfen Kranzeljungfern werden … nein, ich fahr lieber mit dem Viererzug in die Krieau oder die ›Einsiedelei‹, und zieh ein Pirutschaderl aufs Hameau ihren hymenäischen Elysiumsgestaden wohl gern vor, wenn ich offen sein soll. Aber nix für ungut, sein S' gescheid und nit bös – das Engerl da mit die schön' roten und blauen Zuckerln war lieb von Ihnen – bitte bedienen Sie sich.« Neckisch knabberte sie an einem Stänglein Ingwer, das mit seinen funkelnden Zuckerkrystallen aussah wie ein Bergwerksprodukt aus einem Gnomenreiche.

Totenstill war's im Zimmer. Die Rosenholzmöbel knaxten fein, und ein vorbeifahrender Wagen ließ die Flußgötter, hohe Porzellangruppen aus der Zeit Rafael Donners, leise erklingen.

Dann brach Eynhuf die Stille: »Mir scheint, hier habe ich nichts mehr zu suchen.«

Knapp und förmlich verbeugte er sich – die Höllteufel knixte hinter ihm und wies ihm eine lange Nase, als er steif wie die Leiche eines Gehängten das Zimmer verließ.

»Weggeworfen hast du dich«, knirschte er bleich vor Zorn und blieb schwerathmend unter einem finsteren Schwibbogen stehn, der in die Weihburggasse führte. »Du hast dich, Perle, vor dieses rosa Ferkel, vor diese Selchersgeliebte geworfen!

Nein, ein Glück ist's, daß mir die Schuppen gleich zentnerweise von die Augen fallen, sie hat leichtfertiges Kunstpfeiferblut in den Adern. Nichts ist die für dich – weg mit den ungesunden Träumen.« Sichtlich erleichtert athmete er auf.

Seinen guten Namen hatte er opfern wollen, vielleicht sogar seine glänzende Laufbahn. Hatte er sich doch schon manchmal mit dem Gedanken getragen, um Transferierung vom Trommeldepot zu der Hofweihnachtskrippenwache – als Commandant natürlich – einzukommen. Die schöne Uniform – zinnoberrot und gold, himmelblauer Dreispitz mit Straußenfedern – hatte es ihm angetan. Nur drei Tage im Jahr hätte er zu tun gehabt, dabei war es ein schön dotiertes Hofamt mit Sommerwohnung in Laxenburg, allerdings mit wenig Aussichten auf Beförderung. Er hätte die Stelle hauptsächlich deshalb genommen, um sich ganz seinem reizenden Frauchen und einem traulichen Familienleben widmen zu können.

Kurz – die größten Opfer hätte er der Undankbaren bringen wollen! Aber die schmachvolle Frechheit, ihm einen Korb zu geben!

Jetzt stand es sonnenklar vor seinen Augen: Zurück zur Hofzwergischen! »Schnöde hast du dieses treuliebende Herz betrogen, reumütig kehre zurück zu ihr! Der feinfühlige Zwerg wird dich, verlorenen Sohn, liebreich zu sich emporziehen, man wird dir freudig ein Kalb – diesfalls beziehungsweise eher einen knusprigen Gugelhupf schlachten.« Lieblich anheimelnde Familienabende bei der trauten Öllampe würde es geben, der alte Herr würde seine kunstreichen Kleinarbeiten in den weitbauchigen Flaschen basteln oder ein Quodlibet aus altertümlichen Kupfern, Spielkarten und Augsburger Goldpapier kleben. Wie würde er dem lieben, leider schon recht gebrechlichen Zwerg den Lebensabend versüßen! Gleich heuer würde er für ihn als billige Überraschung im Gnadenwege um eine ärarische Sommerfrische – womöglich in der Nähe eines k.k. Hoflagers – einkommen. Er dachte da an den aufgelassenen Röhrenteich N° 14, der Salinenleitung zwischen Ischl und Ebensee, wo seinen müden Gliedern die wohlverdiente Erfrischung eines kräftigenden Seebades ohne Übertretung des Salzgefälles würde. Allerdings war vor Jahresfrist dort der greise Goubernialrat Tobias Sechter Edler von Echtensenft infolge eines bedauernswerten Irrtums hochadeliger Jagdlust zum Opfer gefallen. Hatte man ihn doch, als er schlammbedeckt der vorüberfahrenden Jagdgesellschaft seine untertänigste Reverenz machte, für den sagenhaften Moormann vom Neusiedlersee gehalten und durch einen Blattschuß zur Strecke gebracht. Übrigens, welch schöneren Tod kann sich ein devoter Staatsdiener eigentlich wünschen? (Überdies hat die Familie als Schmerzensgeld den Freiherrnstand bekommen.)

Aber ach! Kaum bog Eynhuf in die Kärnthnerstraße ein, als wie ein Gigant aus Safran sich das Gespenst der Eifersucht vor ihm auftürmte.

Mußte da nicht die Würstlische Equipage herangebraust kommen? Zwei gallonierte Vollmondgesichter am Rücktritt, drinnen lässig hingegossen der verhaßte Todfeind, einen zierlich aus Topas geschnitzten Schinken als Berloque am Bauche, mit korallenen Knackwürsten in den Manschetten? Aus einem üppigen Weiberschenkel aus Elfenbein rauchte er, das hochgeknöpfte Bernsteinschuherl im Munde und spuckte in großem Bogen am Sekretär dicht vorbei klatschend gegen die Mauer. Wütend ballte Eynhuf hinter dem speckigen Unhold die Faust! Wegen so wem verschmäht zu sein! Ein glühender Stachel bohrte in seinem Herzen, das lichte Bild Crispinens verschwand hinter blutroten Schleiern, um wieder der verführerischen Vision »Höllteufel« Platz zu machen.

Das Silberglöckchen ihres Lachens tönte ihm immer in den Ohren, verhöhnte seinen Schmerz, und trieb den Unseligen einem finstren Schicksal entgegen.

Widerwillig verschlang er im Gasthaus »Zum weißen Rauchfangkehrer« zum Abendbrot das melancholische Gericht: Schwarzwild mit Knödel – so recht ein Sinnbild seiner düstern Stimmung, die ihn noch auf die Straße begleitete. Seine Nerven bebten. Ein gerupftes bleiches Huhn in einem Auslagfenster, geschmackvoll als Steiermärker verkleidet, trieb ihm die Thränen in die Augen.

Wie bald würde vielleicht auch er so auf der Bahre liegen, still und kalt, ein Opfer des Grames. In seinem Stübchen angekommen, öffnete er das Fenster, die Ebenholzflöte nahm er aus dem Kasten, lehnte im silbergrünen Mondschein am Fenster und blies seinen Schmerz in die Nacht hinaus. Da schlug es ernst zehn. Mit einem wimmernden Schnörkel beendete er sein Spiel, goß das Instrument aus und versank in tiefes Brüten.

»O Eynhuf, Eynhuf, warum mußtest du dich musikalisch so gehn lassen!« Die nächtlichen Klagetöne waren im »Kleinen Querulantenhause« etwas ganz Ungewohntes. Frau Laushäubl spitzte die unsauberen Horchwerkzeuge, und die Schosulan litt es nicht im Bette.

Eynhuf, Eynhuf! Was für Fallstricke wird man dir noch aus deinen klagenden Flötentönen winden!

NEUNTES CAPITEL

Was jetzt begann, war in den Annalen des Hofbeamtentums wohl noch nie dagewesen.

Die Eifersucht quälte Eynhuf dermaßen, daß er täglich – selbstredend nach den Amtsstunden – die Wohnung seines Idols umpirschte.

Das Kommen und Gehen aller Personen, die mit ihr zusammenhingen, belauerte er und sah sich schließlich genötigt, so peinlich das seinem correkten Empfinden wohl war, zu allerhand Verkleidungen Zuflucht zu nehmen.

So kam er zum Beispiel als türkischer Zuckerwarenverkäufer in enormem Turban und einem Krummsäbel an der Seite, als Mann mit einem Essigfäßchen, als sirmischer Teppichkrämer. Als Slowak mit einem Korb voll Holzwaren sang er sein: »Gulöffel kafts, Spilalei, helzerna Steggferd was frißte nix, Lauskampl, Gurkahackl*, Kastl, was fallte am Maus … dideldidi, widlwidlwidlwidlwidlwiwi«, machte er dabei auf der Flöte. Einmal überwand er sich sogar so weit, als fliegender Mehlwurmhändler seine

---

* Gurkahackl soviel wie Gurkenhobel. Nicht etwa eine Spezialwaffe des vornehmen Inselvolkes wie der Schottendolch, das Skalpmesser oder die so erfolgreich im Kampf gegen die deutschen Kinder verwendete Tuberkulose.

ekle Ware anzupreisen. Die Vogelliebhaber machten kopfschüttelnd Gelegenheitskäufe zu Schleuderpreisen und wußten wohl nicht, welcher schwarztoupierten Nachtigall sie dies zu danken hatten.

Wer wohl der schlanke Savoyardenjüngling mit tiefschattendem Hute und den pfeifenden Murmeltieren sein mochte? Wer der vornehm aussehende Wanzentinkturverkäufer mit der gramvollen Linie um den Mund? Eine Zeitlang saß er als blinder Harfner mit grünem Augenschirm stundenlang auf einem Prellstein der Blumenstockgasse und sandte sein klagendes: Zimm-Zimm zu den Fenstern der Angebeteten empor. Damals geschah es, daß sie ihm einen Kupferkreuzer in den Hut warf, den er als heiligen Talisman aufhob und inbrünstig küßte.

Die Harfe war übrigens nichts für seine nervösen Hände, deshalb griff er zum Dudelsack und wußte gar bald das schwermüthige Liedchen vom »geschundenen Nepomuk« gar artig zu hummeln.

So erwarb er sich zwar mancherlei schätzenswerte Kenntnisse, war aber genötigt, ein Doppelleben als Hofbeamter und vagabundenhafter Repräsentant aller möglichen Berufszweige des Straßenhändlers zu führen, ein Doppelleben, das ihn zwang, am Hafnersteig bei einem anrüchigen Trödler ein Absteigquartier zu halten, in dessen von einem finstern Hof aus beleuchteten schwarzen Steingewölbe es nach rostigem Eisen, Schimmel, Moder und Grünspan roch. Dort wurde er mit den nötigen Costümen und Waren versehen, und teils vom Inhaber, Herrn Schloime Feiwel Spazierstock, teils von allerhand andren verdächtigen Gesellen im jeweiligen Tagesmetier unterrichtet. Am tiefsten sank er wohl, als ihm ein triefäugiges Fetzenweib Unterricht im »Miststiren«* zu geben begann.

* Stiren: wienerischer Ausdruck für umherstochern.

Wer weiß, wie lang dieses halb traurige, halb neckische Bockspiel noch gedauert hätte, wenn ihn nicht eine unverhoffte Hilfe aus dieser schiefen Stellung befreit und um einen großen Schritt vorwärts gebracht hätte.

An einem hellen Tag im Vorfrühling war es, schnelle, weiße Wolkenknödel zogen über den leuchtend blauen Himmel, Sonnenreflexe tanzten am Pflaster, irgendwo klirrte ein Fenster, und in einem leeren Faß, an dem er lehnte, hatte sich eine frühe Hummel gefangen. Eynhuf ließ gerade die dünnen Klänge eines Vogelwerkes aufjammern, als Rat Großkopf die Gasse entlang kam. Jetzt galt es zu fliehen. Doch war's zu spät, Großkopf starrte ihn an und machte stumm ein Zeichen, ihm zu folgen. Sie gingen bis in die einsame Blutgasse, die um diese Zeit menschenleer zu sein pflegte, und erst dort sprach der Rat zu ihm:

»Ja sagen Sie mir, sind Sie verrückt geworden? Am hellichten Tag so eine Maschkerad! Mensch, um Gotteswillen, Sie bringen sich um den goldenen Kragen – jeder hat Feinde. Was machen S' denn?«

Eynhuf gestand dem erfahrenen Freunde alles – wie wohl tat es ihm, endlich den wochenlang einsam gefressenen Schmerz seinem mitfühlenden Freunde wieder vorzukauen, um sich den Jammer von der Seele zu reden.

»Aber, aber«, unterbrach ihn nach zwei Stunden Auf- und Abgehens der alte Lebemann: »Aber Eynhuf, was haben S' denn da angerichtet? Warum ham S' denn nicht mich gfragt? An so ein netter, hoffnungsvoller, junger Mann und in so einer Fäkaliengasse – erlauben schon den derben Ausdruck. Ziehen S' Ihnere beste Gluft an, reiten S' vor der Höllteufel ihren Fenstern spazieren, kaufen S' Ihnen an Traberzeugel, fahren S' ihr allweil in der Nobelallee vor, tragen S' an apfelgrünen Gotfriedl und seidene Modewesten mit Entenjagden oder so was bestickt – auch an Kastorzylinder – das sehen s' gern, die Damen – oder warten S'! Ziehen S' Ihnen a polnische Gala an mit Quastenstiefeln und an vergoldeten Säbel, das ist noch besser. Und vor allem: Kaufen S' ihr an Türkisschmuck oder böhmische Granaten. Kurz – gehn Sie's von vorn an!«

»Nein, nein, das kann ich nicht«, entgegnete Eynhuf, »zu einem offenen Vorgehen werde ich mich nie entschließen, ich bin bei die Jesuiten erzogen – ich bin zu so etwas viel zu schüchtern und würde mich nie als Mann, der in der Öffentlichkeit steht, so exponieren dürfen.«

»Aber, so wie bisher gehn S' ja immer um Ihr Ziel im Kreis herum, und am Schluß werden S' mit Ihrer eifersüchtigen Selbstquälerei noch an Ehebund schließen und nicht mit der Höllteufel!« schrie jetzt Großkopf, »und am End werden S' noch als steinaltes Mandl da Golatschen* oder Planeten verkaufen, währenddem daß die Höllteufel schon längst in Trippsdrill Großmutter is ...«

»No, ich bin doch kein Trottel«, grollte Eynhuf.

»Das habe ich nicht gesagt, aber gebn S' das auf, heiraten S' lieber die Zwergcrisperl.«

»Kann ich nimmer«, greinte der Sekretär, »ich bin verworfen – Großkopf! Die Höllteufel muß mein werden, oder ich geh in die Donau. Aber, wie, wie ...?«

»Eynhuf«, sagte jetzt tiefernst Großkopf zum trostlosen Amanten, der jammervoll verfallen neben ihm daherschlurfte, »geben S' vor allen Dingen dös blöde Vogelwerkel da weg, stellen S' es wo bei ei'm Hausmeister ein und hören S' mich an. – Ja – es gibt noch ein Mittel.« Flüsternd neigte er sich zum Sekretär ... sie kamen gerade beim Basiliskenhaus vorüber. »Ich sag's nicht gern. Es ist a nachtseitige Sach! Greifen Sie zu den geheimen Künsten der mittelalterlichen Magie.«

»Meine Seele dem Höllenfürsten verschreiben ...!« drang es aus Eynhufs Brust. »Nie!«

---

* Golatschen: ein Backwerk.

»No, das nicht, das nicht, Sie Tschapperl«, sprach Großkopf weiter, »nein, Kontrakte mit Seiner höllischen Majestät sind bei den jetzigen anständigen Notariatsverhältnissen kaum mehr möglich – aber ich weiß da auf der Laimgruben a Hebamm – Funzengruber schreibt sie sich – Sie«, er flüsterte: »die kann Ihnen an Liebestrank sieden, Sie, einfach ›dla‹.« Großkopf leckte mit der Zunge die Lippen, unwillkürlich leckte Eynhuf mit; wie das Gähnen wirkte es ansteckend. »Soll auch früher«, er sah sich scheu um, »Kuchelmadl beim Cagliostro gewesen sein!«

»Aber gehn S' –«

»Ja, wie ich sag: Also, die Wirkung ist effektiv. Hab erst unlängst an lieben alten Freund in Horn zwei Maßflaschen voll zugschanzt – 75 Jahr ist er, aber …« Passanten unterbrachen das interessante Gespräch.

»Also, wenn Sie wirklich glauben, könnte man ja einen Versuch machen«, sprach Eynhuf mit einem leichten Hoffnungsschimmer in den eingesunkenen Rehaugen. »Aber wie ihr beibringen? Ob sie überhaupt einnehmen wird? Und wie? Auf Zucker?«

»Jetzt das«, riet Großkopf, »müssen S' so anfangen: Sie müssen die Zofe von ihr gewinnen, das kann man machen. Der schicken S' a billet doux durch d' Millifrau oder wem, und die schütt' der ihrigen Herrin das Saftl in Café. Nach einer Stund gehn S' hinauf, 's Zofel laßt Sie einer, und Ihre Angebetete packt *Sie* z'samm' – nicht umgekehrt … Dann können S' um Ihr Junggesellentum weinen!«

»Großkopf! Wenn das wahr ist! Meiner Seel, ich muß zur Funzengruber, wenn ich auch auf einem Bein bis hin hupfen müßt.«

»Also, wünsch angenehmes Hupfen! Theobaldgasse 731, ebener Erd links.«

Keine 24 Stunden später – es war im Gegensatz zum Sonnenschein von gestern ein melancholischer, trüber Sonntagnachmittag – schritt der Hofsekretär den altertümlichen Häusern der Theobaldgasse zu. Es war eine

Gegend, reich an Mauerfraß, verwitterten Haustoren und ausgetretenem Straßenpflaster. Die Kirchenglocken der Barnabiten klangen bald lauter, bald wieder windverweht über die hohen dunklen Ziegeldächer, geputzte Kinder in Schäfercostümen, die damals sehr Mode waren, wurden von Dienstmädchen in Umhängetüchern und glattgefetteten Scheiteln zu Jauseneinladungen begleitet – sonst war niemand in der stillen Gasse. 731 war ein finsteres, winkliges Gebäude, mit bemoostem Dach, auf dem Rauchfänge, groß wie kleine Häuser, thronten. Eynhuf trat in den Flur. Die Türe links führte in eine dämmrige Küche, aus der ihm ein Geruch, gemischt aus Sauerkraut und dem Dunste, der Kinderstuben anhaftet, entgegendrang. Er klopfte an: Ein zahnloses Weib in schmutziger Haube mit einer vor Alter irisierenden Brille saß über ein abgegriffenes Traumbuch gebeugt und murmelte ohne aufzublicken:

»Ohrgehänge, Maultrommel, Handgehen, Verhaftung und Damenschuhe 84, Dukaten, Geist, Schaumtorte, Pferdefliege und Ungewitter 43, großer Mann, Affe, Hundebiß, Spinnen und Fächer 88, Linsen, Fisolen, trompetenblasendes Hündchen, Ausziehen und Senf 27, krummes Milchweib, Zylinderhut, Mistgabel, Ofen und Käfer 47, In den Abtritt fallen, Harfenkonzert, Hühnersteige und Kindersäugen 18 ... Was wünschen S' denn?«

Großkopf habe ihn herempfohlen.

»So, der Rat Großkopf aus St. Pölten, mit die erfrörten Füß und den zwei großen Wimmerln im Gesicht?«

»Ja.« Lang wog sie den Besuch mißtrauisch mit den Blicken. »So. Haben S' auch an Refmativismus?«

»Ich? Nein. Hat denn der Großkopf einen?«

»No«, erwiderte die Alte, »no, der Herr Rat kommt dreimal d' Wochen her, sich a Jungfernöldämpfung machen zu lassen; dös hat er gar so viel gern, des tut ihm gar so viel gut, sagt er, und bringt eam wieder in die Höh.«

»Sie«, rief da Eynhuf und stach mit dem Finger nach ihr, »wär das was gegen Zahnweh? Da gehm S' mir gleich eine

Maß voll mit, für meinen Hofrat, der was so darunter leiden muß.«

»O mein«, bemerkte die Alte, »i man, der jauket Ihnen schön zur Tür außa – als a aufg'wärmter riecht dös z'viel, und d'Hauptsach is ja, daß's Madl auf der wechen Stell sitzen bleibt. – No ja, i sag's, wie's is. – Nachdem s' ihn eingeölt hat, bleibts Madl drauf sitzen.«

»Aber da kriegt sie ja, behüte, Fettflecken auf die Kleider!«

»Aber gengen S', das ist doch ganz anderscht«, sagte Frau Funzengruber wegwerfend, beinahe beleidigt. »Wann einer a böse Gicht hat, gibt's eben nur dös Mittel: Eine reine Jungfrau setzet sich auf die schmerzende Stelle und benötzet das Wehdam mit dem Taue ihres keuschen Wassers …«

»Pfui Teufel, pfui Teufel«, fuhr es dem Sekretär heraus, »für die Kur mecht ich mich schön bedanken!«

»Mechten S' also lieber gestoßene Schwabenkäfer in Essig und Öl schlucken«, grunzte giftig die Alte, »oder brannten Katzendreck schnupfen gegen g'schwürige Augen – was möchten S' denn überhaupt, weil S' herkommen?«

Eynhuf setzte ihr die Sache mit dem Liebestrank auseinander. Die Alte wurde sehr wichtig, bedeutete ihm, daß es für sie eine Kleinigkeit wäre, daß man aber das Mondviertel wissen müsse, unter dem das »Subjökt« geboren sei, und daß er selbst an einem Freitag mit ungradem Datum – am besten sei freilich der schmerzhafte Freitag – eine Alraunwurzel kaufen, aber über die rechte Schulter mit der linken Hand – mit verflochtenen Fingern natürlich – in Empfang nehmen müsse. Dann sei es unerläßlich, ihr die Wurzel in der umgekehrten Stellung zu geben. Darauf würde sie den Trank kochen, durch einen Nonnenschleier durchseihen und ihn vier Wochen lang im Keller destillieren lassen. Das sei aber alles sehr teuer, weil man zum Heizen bloß morsche Bretter von Selbstmördersärgen mit getrockneten, schwarzen Pudelschweifen gemischt, verwenden dürfe; auch müsse man den Koth einer unschuldigen, weißen Taube dazutun. Der verfaulte Zahn einer Kindsmörderin, sowie ein Loth getrocknetes Krokodilshirn seien als Beigabe sehr zu empfehlen, letzteres wäre aber selten – ob er vielleicht wo eins wüßte?

Früher hätten die »Venedigermandeln« einen schwunghaften Handel damit getrieben, aber heute … die verfluchte neiche Apothekerordnung …

Eynhuf sah sie streng an. Er setzte dem Redeschwall, der ihm peinlich wurde, ein Ende mit der Frage, ob er eine Angabe leisten müsse. »Sieben Vierunddreißigkreuzerstücke.«

Er zahlte seufzend, nahm die Adresse des unheimlichen Dürrkräutlers und trabte von dannen.

Der nächste Tag sah den Hofsekretär bereits auf der Suche nach dem wunderbaren Kraute. Kühl und trüb war das Wetter, so recht für den etwas lichtscheuen Zweck seines Ausfluges geeignet, empfand er.

Leichenwagen rasselten hintereinander die unregelmäßig breite Straße entlang. Der Wind wirbelte Strohhalme und Papierfetzen auf. Von den Kaminen wehten dünne Rauchfahnen steil abgebogen weg. Hinter grauen Fenstern sah er Äpfel liegen, ab und zu quetschte sich ein rotznasiges Kindergesicht an trüben Scheiben breit.

Eynhuf kämpfte gegen den Wind, der ihm den Hut vom Kopfe zu reißen drohte und in dem vielfältigen Kragen seines Capots wühlte. Mechanisch las er die Ladenschilder, über denen bisweilen blecherne Zuckerhüte baumelten oder messingene Rasierbecken im Winde klapperten. »Mathias Speibenweins Gasthaus zu die zwei Schimmeln«, stand da, »Lambert Mummers Maskenleihanstalt für einen hohen Adel und die bessren Stände«, dann: »Nachtglocke zum bürgerl. Pfeifenmaler Ignaz Maria Dunstköpfl« – hier wieder: »Bartholomäus Glühpfeils priv. Kinderstupperzeugung mit Pferdegöpelbetrieb« – zwei alte

Jucker, die beim Fürsten Esterhazy ausgedient hatten, hielten das Werk in Gang.

Unwillkürlich kratzte er sich und ging weiter. Da war es endlich, was er suchte: »Wiesböcks Dürrkräutlerei und beh. conc. Ameiseierhändler, auch papierener Bienenwabenerzeuger mit allerh. Privileg« mit dem Schilde: »Zu die drei Hl. Eismänner: Pankratius, Servatius und Bonifatius und der Kalten Sophie.«

Eine schrille Türglocke erklang wie der zitternde Sopran eines Metallgeistes.

Ungewöhnlich duftete es in dem niederen Laden.

Da standen Holzteller voll Stephanskörnern, Hundsveilchen, Akelei, getrockneter Kohlröserln, Speik und Coriander.

Scheu sah er sich im Laden um und flüsterte fast sein Begehr. Mit kropfiger Stimme forderte ihn der Dürrkräutler auf, sich in den ersten Stock zu bemühen, wo die feineren Waren und Raritäten aus beiden Indien lägen.

Über eine ausgetretene Ziegeltreppe kam man in ein kaltes, unfreundliches Eckzimmer mit vier niederen Fenstern, vorhanglos, durch die man über die dicht bebaute Niederung des Wienflußtales die steil ansteigenden Häuserburgen der Mariahilfer Vorstadt sah, unzählige Dächer und mächtige Kirchtürme, alles in einen feinen blauen Rauchschleier gehüllt, ein düsteres Stadtbild unter windigem Himmel.

Ein Wermutbüschel voll getrockneten Fliegenleichen hing von der niederen Decke. Der Kräutergreis kramte lang unter seltsamem Geschnarche seines Kropfes in einem alten Tabernakelkasten, dessen Einlegearbeiten wunderliche Figuren zeigten – Verteidigungen einsam in Teichen gelegener Schlösser gegen feuerspeiende Greife, Affen mit geraubten Wickelkindern und Sphinxe neben rauchenden Opferpfannen.

Auch ein kurzer, hoher Hengst war zu sehen, der vor einer marmornen Fliege wild ausschlug. Nach langem

Bemühen war der Alraun gefunden. »Springwurzeln! Vorsicht!« stand in steifer, ungelenker Schrift auf dem Paket, mit einem kleinen Bildnis der heiligen Walpurga beklebt. Zwei Gulden 24 Kreuzer mußte der liebeskranke Mann bezahlen und unter seltsamen Verrenkungen das Palladium ergreifen. Wie ein eckiger pas de deux zweier Veitstänzer mutete die Szene im einsamen, zugigen Zimmer an.

ZEHNTES CAPITEL

Welch launiges Geplänkel sahen die Veilchentage dieses Frühlings! Der zierliche Sekretär nutzte die Zeit, die der Liebestrank zur Reife brauchte, gut aus, seine nötigen Vorbereitungen zu treffen.

Wie ein feiner Diplomat knüpfte er geschickt Knoten um Knoten am Netze, das die ahnungslose Sängerin umgarnen sollte. Zuerst versicherte er sich des Namens des Zöfchens. Ludmilla hieß es. Ludmilla Steigenfierer. Dann sprach er mit Frau Barbara Pimeskern, der Milchmeierin. Deren Gunst gewann er durch ein gelbes Kopftuch, mit thalergroßen roten Punkten bedruckt. Er spielte ihr gegenüber einen schmachtenden Amanten, dem es Ludmilla angetan hatte. Mit viel Verständnis und Freude am Kuppeldienst versprach ihm das gefällige Milchweib, ein rosa Briefchen ohne Unterschrift der Zofe zuzustecken, und sie, deren Neugierde gereizt sein würde, ihm zu einem Stelldichein im Hinterzimmer des Ladens zuzuführen.

Die Stunde kam. Ludmilla erstaunte nicht schlecht, als sie den Herrn wiedersah, der den tragantenen Engel vor Wochen zur Herrin gebracht.

Ein heißes Triumphgefühl trieb ihr das Blut in die Wangen. Der schöne, feine Herr sollte seinen Blick auf sie geworfen haben – sein Herz würde ihr gehören, sein Herz, das für die stolze Dienstgeberin geschlagen! Der Triumph des Weibes regte sich in ihr – die Freude am Wegschnappen der Beute – o Futterneid der harmlosen Liebesungeheuer!

Dem Eynhuf tat's weh, seiner eigenen Liebe eine Comödie vorspielen zu müssen, doch war es nötig, das Mädchen zu kirren, um seinen Zweck zu erreichen. Sie bloß zu kaufen – neben klingenden Goldstücken der Venus auch kupferne Scheidemünzen der Liebe im Beutel – schien ihm zu gefährlich. Sie hätte bestimmt geplaudert; unter welchem Vorwand hätte er dann ins Haus seiner angebeteten Schönen dringen können, aus dem er sich selbst hinausgeworfen hatte?

Die kurzen Viertelstunden bei der Milchmeierin – Ludmilla hatte wenig freie Zeit, da sie die Herrin auch in der Oper bediente – stellten seine Verstellungsgabe auf keine zu schwierigen Proben. Auch war er überzeugt, daß das leichtfertige Ding an einem kleinen Liebesgetändel sein Genügen haben werde. Aber zu seinem Entsetzen sollte er bemerken, daß ihm seine Männerschönheit einen bösen Streich spielte, und er eine Glut entfachte, die ihm noch bittere Stunden bereiten und in ihm den Wunsch gebären würde, ein Zwitter aus Don Juan und St. Florian – dem Löscher des Brandes – zu werden, ein noch nie dagewesener Janus im Tempel Cupidos.

Eines Tages, er war gerade aus dem lauen Abendduft der finsteren Gasse in das feuchtkalte, verschwiegene Hofstübchen getreten, über dessen Türe ein Heiligenbild, die Dienstbotenmuttergottes, mit dunkelrotem Öllämpchen prangte, streichelte Ludmilla zärtlich seine Hand und flüsterte beglückt: »Jaromir! Morgen hab ich Ausgang, da gehn wir zwei in den Wurstlprater! Je, wie ich mich freu!«

Eynhuf glaubte zu spüren, wie das Herz in seiner Brust einen Purzelbaum schlug …

»In den Wurstlprater!« Wo er sich doch vorgenommen hatte, den freien Ostertag dem lieben alten Freund seines

Vaters zu widmen, dem Nadir, Baron von Semlin, Sohn des Schah von Persien Nadir, der 1747 von seinem Neffen Ali Kulikan ermordet worden war. Besagter Sohn flüchtete nach Semlin, wo ihn Maria Theresia taufen und erziehen ließ. Sein hoher Vater, Nadir, hatte seinerzeit den Großmogul besiegt und in Delhi 100000 Leute niedergemetzelt. Schon als Knabe kam Eynhuf mit seinem seligen Vater oft zur Jause hinaus. Zähnefletschend zeigte der alte Baron gerne den Gästen in seinem Garten die Totenschädelvorräte aus besseren Tagen der Familie. Nadir war übrigens kein böser Mann. Allerdings munkelte man von Mödling bis Petersdorf, ja noch weiter, daß er orientalische Gewohnheiten habe.

Nun ja, einen kleinen, geheimen Harem hatte er, dem eine gewisse Kaltenbrunner Anna, eine resolute Dirne, vorstand. Manchmal ging's festlich zu – da mußte Pantaleon Hebenstreit, der beste Cymbalspieler, der sich an der nahen ungarischen Grenze – dem Heuboden – und bei Eisenstadt gerne herumtrieb, herhalten und, von seinem Freunde, dem Dudelsackvirtuosen Hieronymus Schebesta, begleitet, den greisen Baron mit wilden Liedern umtanzen. Das zog alles lockere Volk an: Bettler mit ihren räudigen Hunden kamen, nach den Brosamen des Festes zu haschen.

Aus Dankbarkeit für das Mödlinger Refugium wollte er aus den Delhier Totenschädelpyramiden einen Biedermeierpavillon errichten, wo er den guten Kaiser Franz öfter zum Café zu sehen hoffte. – Es wurde dankend abgelehnt. – Seitdem grollte der Alte, denn sein Lebensabend war ihm verbittert. Wie nett hatte er es sich doch vorgestellt, wie zwischen den lichten Schädelsäulen die dunklen Kiefern des Brühltales und der strahlend blaue Himmel mit den lichten Federwolken durchschauen würden. Festlich geputztes Volk würde hinaufstarren, gelbe Zeiserlwagen würden vorbeihutschen, wenn, von Odalisken bedient und von Hieronymus Schebesta kunstvoll umpfiffen, das lange

Antlitz des gütigen Kaisers mit den wasserblauen Augen und dem dünnen, farblosen Haar über das geschliffene Caféglas gebeugt … doch verweht waren seine Träume.

»Hinaus zum guten Alten … mach ihm die Freid!« so sprach die Stimme des Gewissens zu Eynhuf – doch nein! der kommende strahlende Morgen sah ein anderes Bild.

Eynhuf und Ludmilla traten aus dem Dämmer dunkler Straßen der alten Kaiserstadt hinaus in den grüngoldnen Frühlingstag, dessen Herrschaft an den Basteien voll begann. Soweit das Auge reichte, Sonnenglanz und Blütenjubel. Selbst die bronzenen Kartaunen mit den Delphinhenkeln schienen sich wohlig zu sonnen, reich mit stilisierten Vögeln, Obstkörben, Blumenwerk, selbst nackten, übertrieben gerundeten Mädchenleibern überreich verziert.

Die steifen Wachtposten – weißer Waffenrock, enge blaue Hosen und enorme Bärenmützen – litt es nicht in den barock behelmten Steinkäfigen, die als Schilderhäuser dienten. Das Licht funkelte auf der kupfernen Kuppel St. Carls, die wie ein Schnitzwerk aus altem Elfenbein vom Himmelskrystall sich abhob.

Über dem Schwarzenberg-Palast und in den Fenstern der phantastischen Silhouette des Belvederes leuchtete und glitzerte es. Es war so klar, daß man den verschnörkelten Teppich seines Gartens mit den vielen Kegelbäumchen, den Cascaden und die marmornen Sphinxe erkennen konnte. Equipagen rasselten vorüber, braune, blaue, fliederfarbene. Leibjäger mit goldenen Hüten am Bock, weißstrümpfige, steife Lakaien in eitlem Zinnober, Waldgrün oder gar Purpur hintauf, geputzte Wunder von Damen und ernstnasige Herren darinnen. Auch Eynhuf hatte sich fein gemacht – viel feiner als er sollte.

Paßten denn zu seiner gefährlichen und verschwiegenen Escapade der neue zwetschgenfarbene Anzug, der hohe perlgraue Seidenhut und gar die polnischen Schuhe aus grünem Saffian mit den goldenen Troddeln? Eynhuf, Eyn-

F. H. O.

huf! wie soll das enden?! Noch dazu über die breite Jägerzeile will sie gehen, die im brennendsten Sonnenglast daliegt. Mochte sie schmollen, das tat er doch nicht. Wie athmete der Hofsekretär auf, als der Leidensweg beendet war, und er den Volksprater vor sich sah, in dessen wenig vornehmem Menschengewühl er unauffällig unterzutauchen hoffte, da dieser Teil von den Angehörigen seines Kreises und seiner Kaste sorgsam gemieden wurde.

Lärmen und Tosen erfüllte die Gänge zwischen den Buden. Ein schwüler Hauch lagerte über der Menge, die auf dem staubigen groben Kies scharrte; nur ab und zu kam ein Lufthauch von der Donau herüber und erfrischte die erhitzten Gesichter.

Es roch nach Bier und billigen Speisen, nach frischem Anstrich und dann wieder nach dem feuchten Humus der Praterauen, zwischen deren moderndem Laubteppich ordinäre Veilchen wucherten. Glückshafen gab's da und Ringelspiele, eine große Rutschbahn und Schießbuden und alles, alles mußte das unglückselige Opfer Cupidos durchkosten, nichts blieb ihm erspart. Ludmilla war unersättlich. Er mußte mindestens viermal jausnen, Unmengen Bier, Käse, Wurst, Zichorienkaffee und schließlich candierte Früchte verspeisen, Früchte, die uncandiert wohl nie gegessen werden und selbst gewiegten Botanikern unlösbare Rätsel bleiben. Endlich fand es Ludmilla am Platze, ihr körperliches Wohlbehagen durch einen flotten Ritt auf einem Ringelspielpferd zu krönen. »Zu die zwei silbernen Ritter« hieß die Unglücksstätte. Als er sich weigerte, wurde sie heftig, und er fürchtete schon, seine Autorität bei ihr zu verlieren, sintemalen er zu bemerken glaubte, daß dem jungen Mädchen heftige Seelenkämpfe mit dem doppelten Tuch nicht erspart blieben. Also die Zähne zusammengebissen – hopp aufs Pferd. Lanners unsterbliche Weisen ertönten, Eynhufs Rößlein, ein Apfelschimmel mit teuflischem Blick, begann sich knacksend zu schaukeln – da, um Himmelswillen, ist das nicht die Frau

Beischl? Frau Beischl, ihre unwahrscheinliche Fülle in ein spangrünes Seidenkleid gestopft, einen Hut mit wallenden, eingeweidefarbenen Straußfedern über dem unbeschreiblich ausdruckslosen Antlitz, das schon aus geringer Entfernung soviel Details verlor, daß es verzweifelt unanständig anzusprechen war! Ein kleines, zurückgebliebenes Ding ohne Schneidezähne schob sie schützend vor sich her, der Kleidung nach ein Mädchen, mit uraltem Ausdruck im Gesicht und müden Augen, die wie kleine Mauslöcher aussahen. Auf dem straff zurückgezerrten fahlen Haar trug es einen Kranz aus giftgrünen Blättern, mit welken Leinwandblumen untermischt – Firmzeit! Ja richtig, das hatte er ganz übersehen.

Eine Zeitlang glotzte ihn die Selcherswitwe verständnislos an, dann blieb ihr Mund lange offen, während der unglückliche Sekretär, der wie gelähmt auf seinem jammervollen Spielzeug saß, grotesk auf und nieder wippend, immer wieder bei ihr vorbeigezerrt wurde. So viel Geistesgegenwart aber hatte er noch, sein Gesicht durch Schiefstellen der Nase arg zu verzerren, damit die Beischl auf diese Art vielleicht in ihrem Urteil unsicher gemacht würde. Das Schlimmste kam noch: Ludmilla, die neben ihm trunken vor Seligkeit ritt, legte bei der letzten Tour unerwartet, ehe es der entsetzte Eynhuf verhindern konnte, schmachtend ihre Arme um seinen Nacken und blickte ihm, sich breit und üppig wiegend, verheißungsvoll ins grämlich verzerrte Antlitz.

»Hast Zähndweh, armer Häuter?« fragte sie innig besorgt, »kumm, gehn mir zu mir z'haus, ich richt dir an Salbeithee – is niemand in der Wohnung. D' Köchin is weg, 's Extramadl is a weg und d' Gnädige is eingladen bei die Lukaseder in der Hinterbrühl – der junge Herr hat's heit früh mit'n Jagdwagen abgholt.«

Eynhuf blickte sie an mit einem Ausdruck wie ein abgestochener Ziegenbock und zuckte weinerlich mit der Unterlippe.

Willenlos folgte der zerbrochene Sekretär, willenlos betrat er mit ihr in der Stille des goldigen Spätnachmittags von der sonntäglich leeren Straße das kühle, herrschaftliche Haus, in dem es so angenehm aber undefinierbar roch, vielleicht nach dem Edelmoder weitbauchiger Weinfässer in den vielgeschoßigen Kellern, vermischt mit dem leichten Wachsduft der weitläufig vornehmen Wohnungen, die nur mit Kerzen beleuchtet wurden, übrigens selten genug, da die Insassen sich wenig in der finsteren, gewaltigen Stadt aufhielten. Oder waren es die Räucherkerzchen aus Ambra und Myrrhen und das kostbare Linnen, oder waren es die Kobolde, die gewiß hier, wie in allen uralten Häusern, wohnten und sich sonntags vertrocknete Jerichorosen als Knopflochbuketten ihrer Spinnewebcostüme leisteten?

Eynhuf konnte dies schwer entscheiden, dazu war sein seelisches Gleichgewicht heute zu sehr gestört. Wenn die Beischl ihn tatsächlich erkannt haben sollte, und die Schosulan alles erführe – nicht auszudenken, was dann geschah.

Ludmilla ließ ihn mit glänzenden Augen vorausgehen.

ELFTES CAPITEL

Bald kamen die heißen, melancholischen Abende des Frühsommers, Tage, an denen es nicht Nacht werden will, Abende, an denen man durch den heißen Dunst der Straßen mit ihrem wogenden Menschengewühl wie einen glühenden Dolomitzinken das im Abendrot leuchtende Spitzenwunder des Stephansturmes sieht. Noch lange funkelte dann sein goldenes Hagalkreuz weit über Schlösser und Wälder und blitzende Teiche, bis zu den Kalkriesen der Alpen, schneegekrönt, alpenrosenumwuchert, wo die Wildbäche rauschen, während in dumpfigen Höfen der Stadt schwermütig Nachtigallen flöten.

Bis tief in die Nacht bleiben da finstere Wohnungen mit ihren weitgeöffneten Fenstern im Dunkel liegen; ihre Bewohner essen ohne Licht zu Abend. In den Vorstadtgassen sitzen dann wohl auch hemdärmlige Leute vor den Haustoren, trinken ihr Bier auf der Straße und rufen den wurstholenden Mädchen Scherzworte zu.

Ab und zu fällt der Blick durch ein breites Einfahrtstor auf eine Glastür mit bunten Scheiben, und wenn sie offen steht, in ein schattiges Hausgärtchen mit hölzerner Laube, von Oleandern in grünen Kübeln umstanden. Diese Bilder übten einen unbeschreiblichen Eindruck auf das verwundete Gemüth Eynhufs aus. Wenn er im gelben Mondlicht von seinem Abendbrot heimkehrte, das er in einem kleinen Wirtshaus in einem der Höfe des gewaltigen Freihauses auf der Wieden einzunehmen pflegte, wo an ordinär gedeckten Tischen bei flackernden Windlichtern fröhliches Volk unter lärmender Heiterkeit tafelte, wo man durch offene Fenster in die fettprasselnde Küche mit ihren hochroten, schwitzenden Mägden und dickbusigen Köchinnen sehen konnte – da fühlte er einen solchen Ekel vor diesem unfeinen Lebensschauspiel, daß er beschloß, um den ersten Urlaub seiner ganzen Dienstzeit einzureichen, um auch einmal die vielverlästerte Modetorheit einer Sommerfrische zu verkosten. Baden oder Gutenstein schwebte ihm da vor, oder sollte er gar nach Maria Zell, weit hinten in der Steiermark, pilgern? Eine Fahrt, die manchem Collegen schon als bessere Empfehlung zum Amte verholfen hatte als summa cum laude absolvierte Studien.

Ja, fort aus dem Babylon Wien, diesem Sündenpfuhl, wo erst jüngst ein leichtfertiges, junges Ding ihm die so lang gehütete Blume des Junggesellentums entrissen hatte.

Aber das waren ja alles törichte Gedanken! Wie konnte er denn den Bannkreis seines Idols verlassen, seiner engelschönen Höllteufel, die jetzt häufige und unberechenbare Ausflüge in die nächste Umgebung machte, in fröhlicher, glänzender Gesellschaft im Prater oder in Hietzing soupierte, oder gar der Mittelpunkt rauschender Feste auf den üppigen Sommersitzen des Adels und Patriziates war, Feste, bei denen in den dunklen Parks Lampions glühten und Feuerwerke die steinernen Götter, Vertumnen und Pomonen in blauen, karminroten oder smaragdgrünen Lichtern badeten, und prasselnde Raketengarben mit dem Gekrach eisgekühlter Champagnerflaschen und donnernden Hochrufen auf die graziöse Schönheit der gefeierten Primadonna wetteiferten.

Wie oft wartete vor ihrem Stadtpalaste, dessen altersgraues Portal stirnrunzelnde Karyatiden trugen, ein tulpen- oder fliedergeschmückter Wagen, von Schusterbuben und andrem Volke der Gasse bestaunt, das Ziel mancher Blicke aus quietschend geöffneten Fenstern oder hinter verblaßten Gardinen hervor.

Dann geschah es manchmal, daß der Liebeskranke in einem Einspänner mit elendem Klepper ihr nachfuhr, stundenlang um den Sitz ihrer Lustbarkeit herumstrich, um dann in tiefer, schwüler Sommernacht schweiß- und staubbedeckt einen endlosen Heimweg zu haben, durch kanalduftende Straßen und Gassen, die er früher niemals gesehen. Alles mögliche passierte ihm dabei.

Betrunkene baten ihn, sie nach Hause zu führen, da sie die Adresse vergessen hätten, herumschlumpende Dirnen nickten ihm vertraulich oder spöttisch zu, und einmal hatte der friedliebende Eynhuf sogar ein Rencontre mit besseren Nachtschwärmern, weil er über ihr schönes Lied gelacht hatte, unter dessen Klängen sie, einen dicken Herren an der Spitze, heimmarschierten:

Ich bin der Ba-
Ich bin der ron,
Ich bin der Baron Scharl von A-
  dlersburg,
Der Sohn vom Herrn Papa.

Ich bin der Ba-
Ich bin der ron,
Ich bin der Baron Scharl von A-
  dlersburg
Der Sohn der Frau Mama.

Ich bin der Ba-
Ich bin der ron,
Ich bin der Sohn
Ich bin der Baron Scharl von Ad-
  lersburg
Der Sohn vom Herrn Papa.

So brüllten sie ohne Unterlaß.

Ja die Liebe! Was die für eine Macht hat! Der sonst so ernste Eynhuf stürzte sich in einen Strudel von Vergnügungen! Scheinbar!

Blutenden Herzens konnte er sich stundenlang als Zuschauer bei Wettläufen auf der Simmeringer Heide die Füße platt stehen – der feuchte Nobelprater sah ihn als ständigen Gast bei allen animierten Veranstaltungen – da und dort genehmigte er einen Harlekin nach dem andren – so nannte man das aus Vanille und Erdbeer gemischte Gefrorene – dazwischen würgte er löffelweise an Eiscafé mit kalten Golatschen herum, obschon er all dies Zeug nicht vertragen konnte – verdarb sich den Magen, und beim großen Feuerwerk: »Des Confucius Lustgebäu« wäre er fast zusammengetreten worden, was so gerne bei solchen Veranstaltungen vorkommt.

Aber das störte ihn nicht. Ächzend, schon ganz abgemagert, schleppte er sich von Fest zu Fest, ein Liebestantalus aufs Ixionsrad des Vergnügens geflochten!

Bei einer solchen Gelegenheit sollten ihn auch einmal Zwergs wiedersehen.

Ein Sonntag war's, vor dem Schönbrunnertor in Hietzing. Der Staub lag wie ein goldener Nebel vor der Sonne, unermeßliches Volk wogte durch die reichgeschmiedeten Tore. Allenthalben tönte schwächliche Musik oder näselten Drehorgeln. Aus dunkelgrünem, bestaubtem Laubwerk leuchteten gelbe Häuser mit bläulichen Jalousien – herumfahrende Gefrorenesverkäufer klingelten und verteilten Portionen buntfarbigen Eises an die dürstende Menge.

Kinder mit Windradeln drängten sich durch die Menschenmassen, die Männer zumeist in dicken verschnittenen Fracks, die Weiber in gemusterten Perkailkleidern – alle mit plumpem, weißbestaubten, müden Schuhwerk behaftet. Die Zwergischen fuhren, stattlich herausgeputzt, in einem Zeiserlwagen. Dem pater familias verlieh ein kühles, ledernes Roßhaarpolster eine beinahe imponierende Größe. Die

Mutter in brauner Riesenhaube mit flatternden, blauen Bändern stach gerade mit dem beleibten Schirm nach einem zottigen Pudel, als die jüngere Tochter Eynhuf in einem klappernden, gelblackierten Wägelchen, reich an trockenen Kotkrusten, entdeckte; Eynhuf, der hinter den Kutscher geduckt unverwandt nach vorwärts starrte – auf eine hochgefederte Equipage, in der die allgemein bekannte Schönheit lässig hingegossen war. Flüsternd machte sie die Mutter mit dieser Entdeckung bekannt, flüsternd, um die in letzter Zeit schwer nervöse Crispine nicht zu irritieren. Doch deren stark entwickelte, etwas abstehende Ohrmuscheln fingen das Gespräch auf, sie begann die Augen so zu verdrehen, daß man bloß noch das Weiße sah, hatte Schaum vor dem Mund und stieß ohne Unterlaß ein schrilles Gicksen aus, während wirre Krämpfe den ungraziösen Körper so schüttelten, daß sie einem geköpften Huhn ähnlicher sah als einer Beamtenstochter. Vor Schreck kugelte der besorgte Zwerg und Vater von seinem schönen Sitze, der ihm so viel Freude gemacht hatte, die Mutter verlor Schirm und Schnupftabaksdose, das rohe Volk brüllte vor Lachen und reizte das hysterische Mädchen wie einen boshaften Affen. Kurz, es war scheußlich.

Immer zerrissener wurde das wunde Herz des Verschmachtenden. In den holden Qualen ward ihm die geliebte Flöte zum Ventil seiner tiefen Schwermuth, und ein Büchlein, das er bei einem kleinen Vorortetrödler fand, spendete seiner wunden Seele köstlichen Balsam.

»Lieder eines im Gebüsche Sitzenden«, war sein Titel, »von Tobias Löffler gesungen«. –

Seufzend las er:

Möcht ich als Pappel mich neigen
Auch an den silbernen Fluß
Und meine Stirne zum Kuß
Den Lüften reichen –

Tief ergriffen schloß er das Büchlein und starrte mit den Lackaugen in die Ferne. Dann las er weiter:

Möcht ich als Blüte mich schaukeln
Über dem Bächlein so klar –
Nieder aufs lockige Haar
Cybeles gaukeln –

Da kam er nicht weiter. Vor Rührung schluchzend ließ er das Büchlein fallen.

Lang stieß ihn der Bock, den schließlich der ungeduldige Pegasus, der schon lange angeschirrt im Dämmer seines Unterbewußtseins nagend stand und wartete, verdrängte. Eynhuf schneuzte sich und sang seinerseits:

Wenn sich der Abendgott
Leise flötend
Im Röhricht verliert
Und auf
Nachtigallbespanntem Wagen
Hin zu dem Schmause fährt,
Der wo was sich rangentsprechend
Bloß mit Ambrosia nährt
Dann kommst als Ritter du und Schmetterling zugleich
Auf deinem Liebeskahn
Hin zu dem Strand geschiffet
Auf dem Cybele liegt,
In leichtem Schleier bloß
Auf eine Blumenstreu geschmieget.
Oh!
Sieht sie dich, der seinen Kahn an eine
Pappel band,
So lodert auf in ihrem Herz
Ein heißer Liebesbrand!
Wenn Philomelen dann
Aus Flötenklang Buketten winden

(und ordnungshalber auch mit Veilchenbaste binden)
Ja, wie sich dann im Liebesrausch
Die wunden Seelen finden!

So ward ihm süßer Trost durch die Leier Apolls, und oft flüchtete er ins Feenreich der Poesie, denn hier auf Erden, wo gerade jetzt vielen das Paradies der Gurkensalate, Backhühner, üppiger Kohlrabi und der ersten Hasen blühte, fühlte er sich immer weniger zu Hause.

Das kam so: In seinem über alles geliebten Bureau, wo er sonst als würdegeblähter Aktengockel zu stolzieren und in Gesetzen und Verordnungen nur so zu scharren pflegte, daß der Staub von Jahrhunderten aufwirbelte, behandelte man ihn eigenartig fremd – gab ihm sogar schlechtere Tinte und staubte sein Pult nicht mehr ab. Auch Ludmilla machte ihm das Leben sauer. Er wich ihr nach Tunlichkeit aus. Eines Tages fand Eynhuf zu seinem Entsetzen einen rosa Brief im Amte auf seinem Schreibtisch vor, auf den ihn der Amtsdiener Hrntschirsch mit subalterner Bosheit aufmerksam machte.

Bleich vor Wut riß der Sekretär den Umschlag auf: Da stand auf einem Glückwunschbogen, dessen Titelkopf ein dick mit schmutzigen Farben bemalter Papageno war:

»Eintsik gelipter Man, mein herzbünkerl! o wahrum läsest du mich sohlang schmagten? ferdin ich dahs? du scheener Man ich dräuhme Dahg und Nacht fon dir o Jaromir ich las dich nicht, eher göhn wir peide in den bidren Tott in die reussende Thonau wo sie am düfsten ist ich störbe vor Sehnsucht o komme zu mir sonst fliehe ich auf deine starke Mönnerhand wir werden noch peide gliglig in einer kleinen Greislerei entsag dem Forurdeil deines Standes ich kisse dich das einsame Blimlein in der Rauchenstoingase.

B. S. Gom heite zu mir bei der Pimesgern oder um drei bei der Pöstseile am Kraben einen Sprung machen. –«

Es war zum Verzweifeln.

Das wirre Treiben fing allgemach an, Unordnung in seine sonst streng geregelten Lebensverhältnisse zu bringen. Er streute das Geld mit vollen Händen aus – die Fahrten kosteten ihn viel, desgleichen die Entrées zu den Festen und nicht wenig Arzt und Apotheke.

Da beschloß Eynhuf, wieder einmal die reine Luft der Schosulanischen Jausen einzuathmen. Vielleicht würde ihm dort Linderung seiner wunden Seele. Er ging in seine Wohnung, um zu innerer Sammlung zu kommen. Er bemerkte Lichterglanz bei der Schosulan, Stimmengewirr und Sesselrücken waren deutlich zu vernehmen – feierlich klang des Leibstuhls ernste, würdige Weise durch die Nacht:

»Plaisir d'amour dure qu'un moment – chagrin d'amour dure toute la vie.«

Diese Klänge mahnten ihn daran, daß er recht lange die gute Alte, bei der jeden Sonntag offenes Haus war, vernachlässigt hatte. Leider mußte er heute mit leeren Händen kommen. Vielleicht würde sie es diesmal aus Freude über das Wiedersehen nach so vielen Wochen nicht bemerken.

Klopfte also an – die Schosulan hatte keine Türglocke, die sie als leichtsinnige Neuerung haßte, und bekam Einlaß. Mehr Menschen waren heute da als gewöhnlich. Mit Unbehagen musterte Eynhuf die fremden Gesichter. Als er ins Zimmer trat, wurde gerade, begleitet von einer Ansprache, durch drei weibliche Wesen der Gastgeberin eine Huldigungsgabe überreicht. (Der Leibstuhl spielte einen Tusch.) Es war ein nicht alltäglicher Gegenstand. Unter Glas sah man eine stattliche Anzahl ausgestopfter Canarivögel in flatternden Stellungen, die mit ihren Schnäbeln einen Jungfernkranz stützten, der wiederum eine buntfarbig gestickte Schrift umrahmte. Da stand zu lesen:

»Dir fromme Jungfrau dies, Du Keuschheitshort in Tat und Wort – die Sodalinnen vom hl. Aloysius.«

Ein goldener Ochsenaugenrahmen gab dem Ganzen einen prunkvollen und dabei keineswegs leichtsinnigen Abschluß.

F. H-O.

»Wie geschmackvoll«, sprach entzückt die Gefeierte, »die lieben Hascherln! Gleichsam als ob s' lebeten!« Alle stimmten gerührt zu.

»Und sein sich lauter Canari von geistlichen Stand«, erläuterte eine der Spenderinnen, eine heftig böhmelnde Dame unbestimmten Alters, die das falsche Haar in einem braunen Netz hatte, Zeugschuhe trug und mit bösen stechenden Äuglein blitzte. Franziska Zwitschera hieß sie und war Vorleserin bei »ihre firschtliche Gnaden der Frau Prinzessin von Kladrupp«.

Ihre Freundinnen, die ehrbaren Jungfrauen Babette Weisschüler und Rosalia Finkenstümmler fixierten bissig den Hofsekretär, der heute recht wenig Beachtung bei »Tanterl Schosulan« fand. Umso intensiver aber beschäftigte sich Frau Zisch mit dem Vernachlässigten. Sie schenkte ihm Café ein und achtete darauf, daß er bedient werde und mit leiblichen Genüssen versorgt sei, wußte sie doch, daß bei den Männern die Liebe durch den Magen geht, und selbst ein strenger Blick der Schosulan, der es wie immer um die Kuchenreste bangte, schüchterte sie heute nicht ein. Auch Annerl schien merkwürdig erregt, brachte ihre üppigen Formen ins beste Licht, kicherte viel und schien es abgesehen zu haben, die Sinne des zugeknöpften Beamten in Flammen zu setzen. Ihre Manöver gingen endlich so weit, daß sie mit ihrer Fußspitze ein Hühnerauge des Partners traf, so daß der Überraschte leise aufschrie. Wie auf Commando blickten die drei Sodalinnen auf die üppige Gruppe. Dann tuschelten sie weiter.

Jetzt erst bemerkte Eynhuf einen asketischen jungen Mann mit flackernden Augen, der offenbar zu den drei Damen gehörte und sich an den Fußschrauben des Leibstuhls zu schaffen gemacht hatte. Amandus Prinfter, der jetzt leise hüstelnd erzählte, daß er als Verwandter des Professors Tatterer von Tattertal, des bekannten Hofstotterlehrers, der auch die Frau Fürstin von Kladrupp zu behandeln die Ehre habe, ihre Gesangsnoten kopieren dürfe und bat die Schosulan, ob sie ihm nicht dergleichen verschaffen könne.

Doch ehe ihm noch die Gefragte antworten konnte, erklärte Frau Beischl schwer athmend, mit abgehackter Stimme, daß der Herr ihr doch einmal die Ehre seines Besuches schenken möge, da von ihrem Seligen, der mit Vorliebe Bücher zum Selchen verwendet habe, noch viele Butten voll am Boden seien, darunter gewiß auch Noten – nur kenne sie es nicht, da sie sich mit dem Lesen und derlei brotlosen Künsten niemals abgegeben habe.

»Unser Herr Vatter selig hätte uns derschlagen, wann mir ihm mit so unchristlichen Wünschen kommen wären …«, setzte sie mühsam schnaufend unter heftigem Busenwogen hinzu. Mit einer gewaltigen kalten Buchte stärkte sie sich, hatte sie doch nie so lange zusammenhängend gesprochen und fühlte sich daher recht angegriffen. Übrigens hätte sie gar nicht weiter reden können, denn wie auf Verabredung hüllten die drei Grazien den Jüngling mit dem Flackerblick in ein dichtes Gespräch, und seltsam contrastierte das laute Bampfen der dicken Dame mit der rauschenden Conversation der dünnen Jungfrauen. Zu Eynhufs Erstaunen tauchte jetzt noch ein Gast auf, ein dürftiges Männchen in abgeschabtem Rocke, Herr Melchior Müchtelmann genannt, der aus Dank für die Einladung alle Uhren in der Wohnung gerichtet hatte und daher unsichtbar geblieben war. Bescheiden bat er die dicke Dame, ob auch er die Bücher besichtigen dürfe, vielleicht sei in dem einen oder andren noch unbedrucktes Papier, um das er sehr bitte, da er außer den Amtsstunden – er sei Diurnist in der Bettelvogtei – Bittschriften, Gnadengesuche und dergleichen anfertige. Er gestikulierte bei diesem Sermon heftig mit den Händen, wobei er aus allen Taschen Kuchenbrösel verlor. Doch die dicke Dame hörte gar nicht auf ihn, schob gewaltige Bissen in den Mund und starrte unentwegt mit verglasten Augen auf den interessanten Jüngling vom Aloysiusverein. Dann gab sie einen mächtigen Ton von sich. Weniger feinfühlige Beobachter als der Sekretär hätten den Ton für ein gewöhnliches Aufstoßen halten müssen. Er aber witterte eine tiefe Seelenqual heraus – nein, das war ein Seufzer, nein, kein Gas aus dem Magen, nein, ein Gas aus der Tiefe des Herzens. Vielleicht sah er da klarer als die Mutter dieses Tongebildes selber. Eynhuf, dem sein Liebesleid die Sinne geschärft hatte, blickte befremdet auf die Gesellschaft. War es denn denkbar, daß hier in dieser reinen Atmosphäre, vom geistigen Lavendelduft der Schosulan getränkt, solche Dinge vor sich gingen? Wäre es denkbar, daß der cyprische Schelm sozusagen in die Höhle des Lammes eingedrungen sei und den Kampf mitten im Hauptquartier der Sitte und der Tugend aufgenommen habe? Wappne dich stolze Selcherin, umgürte deinen keuschen Witwenleib mit dem goldenen Panzer Gonzagas und kämpfe gegen den losen Götterbuben! Bei Salpeter und Knoblauch! Rufe den Geist des verbliebenen Selchers zu Hilfe! Nur ein Trost blieb ihm in allen Enttäuschungen – hatte er doch in den letzten Wochen gelernt, in menschliche Abgründe zu blicken, die er früher nicht geahnt hatte: Ursula! Ursula Schosulan, dein Schoß wird bläulich leuchten, du wirst dereinst in einem von Einhörnern gezogenen juwelenbesetzten Stellwagen im Paradiesgarten umanand fahren dürfen, im Damencoupé für weibliche Heilige natürlich – Sankt Aloysius als Kutscher!

Das süßliche Organ der Mutter Zisch brachte den Verträumten zur Wirklichkeit zurück: »Nicht wahr, da schaun Sie …«

»Ja, allerdings, was sind denn das für Leute?« flüsterte Eynhuf, »unsympathische Gesellen!«

»Gelten S'«, antwortete sie ihm, »– Annerl horch weg – daß Sie's nur wissen: Der ekelhafte Kerl mit die unsolid eingsetzten Augen ist, o ich schenier mich – aber, Sie sind schließlich ein Mann: also man munkelt: er und alle drei!

Na, und der graupete Mucker da – der Diurnist, Sie, das ist ein Schnüffler. Aber Annerl, kannst wieder herhorchen.

Wir müssen uns jetzt empfehlen«, sagte Frau Zisch zu Eynhuf. »Nein, Sie brauchen uns nicht begleiten, bleiben S' nur noch da.« Und er blieb da. Blieb aber so auffallend vereinsamt, daß er bald pikiert heimging.

Der so schlecht angebrochene Abend sollte noch seine Krönung finden. Kaum war Eynhuf einige Schritte gegangen – er wollte noch seinen Unmut ein wenig auslüften, ehe er schlafen ging –, holte ihn Freund Staubmayer ein, der in gewohnt süffisanter Weise dem Sekretär seine Zufriedenheit damit aussprach, daß er sein allmählich stadtbekannt werdendes Liebesleid durch rauschendes Gesellschaftsleben zu betäuben suche.

»Recht haben S', recht haben S'«, sprach der zu ihm. »Nur a bisserl denen patschkierlichen Mondscheinnympherln nachsteigen – so gfallen S' mir!«

Eynhuf wehrte indigniert ab.

»Aber gengan S'«, beschwichtigte der andere, »schaun S', Sie haben schon amal mit den legitimen Vorstößen kein Glück … die Höllteufeleien werden Ihnen noch's Gnack brechen, und daß S' die Hofzwergischen los san, da können S' Ihna gratulieren.«

»Oho!«

»Ja – net wegen dem alten Zefises, nein, Hut ab vor ihm – aber der Bruder! Da hört man Sachen! Sachen, sag ich Ihnen!

Also, der Melchisedech, der Ohrlöffelschmied – unsinnig reich ist er! Das stimmt! Aber sonderbare Gspaß treibt der! Alchemist ist er und Geheimbündler! Der »Silberne Floh«: Loge der Templer! Jawohl! Und was der alte Kracher jährlich allein für die geheimen Trottelzüchtereien herauswirft, da könnt einer leben davon wie ein Cavalier! Jawohl, mein Lieber! Und wissen S', wo er's Geld her hat für das knorpelhafte Treiben? He? A Freudenhaus hat er in Salzburg hinterm St. Petersfriedhof, jawohl, wo die Mägde

Goldhauben tragen und giftgrüne Mieder aus Tarlatan und Wadelstutzen, kunstvoll mit antikischen Schandszenen bestickt – sonst nix!

Als finsteres Bergwerk ist das Haus gehalten, nie kommt Tageslicht in die Räume! Bloß die Ölflämmchen auf den Kronleuchtern, kunstreich in Venedig geschliffen, spiegeln die bunten Erzkrystalle der Wände wider, und fern hört man finstere Wasser rauschen … wenn die erzählen könnten!

Auch eine nackte Musikbande frierender Bergknappen soll da aufspielen, bloß mit vergoldeten Rutschledern angetan – kurz, 's ist ein Greuel! Solch ein Gomorrha im Schatten des Glockenspieles!

Hab alles vom Baron Schmitz gehört, der reichsstädtisch frankfurtischer Gesandter war am erzbischöflichen Hofe. Der lebt jetzt noch dort, als Hofastrolog Seiner Erzbischöflichen Gnaden, bewohnt im Schlambräu eine Flucht düsterer Zimmer und trägt einen Schlafrock aus Papageienfedern, den er einstmals in Mexiko von Donna Inez Bermudez y Medina-Truxillo, der Vizekönigin de las Indias für einen verschwiegenen Nachmittag zum Liebespfand bekommen hat. Auch vom Paumgartner weiß ich's, der die castrati singen lehret, so er aus Rom kommen läßt. – Wie Cherubime können die schmettern! Gar ein sonderbar Bild, wenn der baumlange Herr an der Spitze der wohligen Kinder zum Dome schreitet – beim Scheine des Alpenglühens! Auch Pater Kubin, der päpstliche Kämmerer, hat mir's bestätigt. Er duldet das Treiben – hat wohl auch nicht viel freie Zeit – muß die Gespensterhäuser registrieren im Salzburgischen und Umgebung! Und jetzt: addio!«

Der Liebestrank war noch immer nicht fertig. Eynhuf traute der Alten nicht und fragte Großkopf öfters, ob das lange Destillieren oder wie das heiße, wirklich so nötig sei.

»San S' schon a so ungeduldig?« neckte ihn der launige Rochus, »können ja den Tag des sicheren Triumphes gar nicht erwarten! Und haben doch so a liebs Schatzerl erobert, das Zoferl! Sie Glückspilz, Sie, so a saubere Zuwaag vom Fleischmarkt der Liebe zu holen – wann mir amal so was blühet! Aber mein – ihr jungen Leut habts halt gut lachen, ihr erringts da leichte Siege, wo unsereiner kostspielige Belägerungen vonnöten hat.«

Die beiden ungleichen Freunde gingen jetzt öfter zusammen spazieren. Eynhuf hoffte dem erfahrenen Freunde noch mancherlei Geheimnisse der Liebesstrategie abzugucken und folgte ihm zu all den Vorortetrödlern, die Großkopf zu besuchen pflegte, so langweilig ihm das auch anfangs erschien. Mit Staunen sah er da, wie der gewiegte Sammler aus dem verworrensten Gerümpel ganz annehmbare Gegenstände herausfischte, alte Gemälde auf Goldgrund, die ihm wohl steif und geschmacklos erschienen, Waffen und Pergamentbücher voll unerklärlich feiner Malereien, Porzellan und Bronzegruppen, uralte Holzfiguren und kunstvoll geschnittene Gemmen.

Als er sah, daß Großkopf auch alte Kupferstiche kaufte und manche als recht selten bezeichnete, kam Eynhuf auf den glänzenden Gedanken, auch solche zu sammeln, um dereinst der verwöhnten Künstlerin damit die Wohnung austapezieren zu lassen, was jedenfalls ihrem extravaganten Geschmack schmeicheln würde, und dabei billig käme.

Eines Tages begegnete den beiden, als sie gerade nach Fünfhaus wandern wollten, um dort »in einer Goldgrube zu schürfen«, wie Großkopf sich ausdrückte, der Goubernialrat von Horraker, ein eleganter Herr, der als tadelloser Weltmann bekannt war und als sehr aussichtsreicher Beamter galt. (Man munkelte sogar etwas wie: rechte Hand Metternichs.)

Großkopf empfahl sich mit auffallender Hast und ließ den verdutzten Eynhuf stehen. Horraker nahm ihn sofort unter dem Arm, schaute mit finsterer Miene dem davoneilenden Großkopf nach und sprach mit ernstem, väterlichem, dabei wieder mildem Ton zum jüngeren Collegen: »Sie, Eynhuf, das ist kein Umgang für Sie!«

»Aber …«

»Nix aber, der Mann is ja gewiß äußerst gescheit, gilt aber als Libertin, den heit oder morgen sein Schicksal *ereilen wird*! Er ist ein Freigeist und Philosoph! Schon lang haben wir ihn durch Vertraute beobachten lassen. Da ist einer, der sich sogar als Kanalräumer bis in seine Wohnung gezwängt hat. Und was, glauben S', hat der in dem gewissen Raum, den er zuerst betrat, für eine Inschrift gefunden? Passen S' auf: Der Held ersteige das Ehrengerüste Auf getürmten Leichen! – Ich ersteige den Thron meiner stillen Genügsamkeit allhier. – Die abgekartete Sprache kennt man!

Aber wir werden noch alles herausbringen, glauben S' mir, und dem sauberen Vogel aus dem Spott, den er mit dem Erhabensten treibt, eine Schlinge knüpfen, daß er seinen frevelhaften Schnabel nicht länger an Thron und Altar wetzen soll! Blasen S' mir ja nicht ins Horn von dem lockren Zeisig, dem Großkopf! Der hupft von Futternischerl zu Futternischerl – natürlich bildlich gemeint! Trotz seiner Frostballen (Sie sehen, auch das wissen wir!) ist der hinter jeder Schürze her, und Schweinereien hat er in seiner Sammlung – schon die galanten Zugbilderln allein könnten ihm das Genick brechen – ich tät sie alle von Henkershand verbrennen lassen!

Um sich bei uns einzutegeln, hat er der Allerhöchsten Sammlung für Naturalienkunde nebst einer Affenmißgeburt in Spiritus einen sogenannten Schneeschuh, den was die Lappländer benützen, geschenkt, was ja an und für sich ganz löblich wäre, aber der salve venia Schneeschuh brachte kein Glück, weil derselbe Seiner Eminenz dem gegenwärtigen Erzbischof von Časlau, Chrysostomus Schoisgruber, mit Gepolter auf den Kopf gefallen ist. Darauf hat er sich bei der Schosulan, was seiner Eminenz Geschwisterkind ist, einweimperln wollen, daß er ihr einen hohlen Stockzahn des heiligen Johannes von Nepomuk, in Gold gefaßt, von seiner Uhrkette herab zum Präsent gemacht hat. Besagter Zahn aber war, wie sich später herausstellte, eine grobe Fälschung und auch das Gold pures Messing, was besonders mißliebig bemerkt wurde. Nicht genug an dem, erfuhr man später aus sicherer Quelle – lassen S' mich ausreden –, daß der teuflische Großkopf in gewissen Zirkeln, die wir wohl kennen, geäußert habe, daß es der Zahn eines wegen Kirchenraub hingerichteten Israeliten sei! So. Jetzt zu Ihnen. Eynhuf, Eynhuf! Lassen S' mich Ihnen beim Andenken Ihres seligen Vaters sagen, der noch unter meinem Exzellenz Vater zu dienen die Ehre hatte, sagen, daß Sie mit dem einen Fuß auf einer abschüssigen Bahn, auf der es sausend nach abwärts geht, wandeln, während Sie mit dem andern eine goldene Frucht pflücken wollen, die für Sie zu hoch hängt! Blikken Sie nicht finster drein! Dem wimpernlosen Auge der Staatsgewalt – es zuckt niemals! – bleibt *nichts* verborgen!

Sie sind schwer, leider, leider sehr schwer compromittiert. Man hat Sie an einem gewissen Ort, den ich lieber nicht nennen will, als schamlos johlenden Bacchanten beobachtet, eine Lustdirne im Arm – na schweigen wir!

Heiraten S' doch die Ludersdorf! Die hat Bimm Bimm im Kasten! Ich kann Ihnen noch mehr sagen: Sie missen sich sogar anderweitig versorgen! Ihre Stellung ist schon so gut wie verloren! Ja, erbleichen Sie nur! Also wenn Sie's hören wollen: Eine Dame von hohem Rang, die Frau Fürstin von Kladrupp, Erlaucht, Savoyische Ehrenstiftsdame etc., braucht Ihre Stelle! So, jetzt wissen Sie's.

Wie mächtig die Dame ist, möge Ihnen aus Folgendem klar werden: Sie wissen, die hohe Dame hat einen kleinen Sprachfehler, wirkt aber mit aller Macht dabei für die Verbreitung der jetzt mit Recht wegen ihres wunderbaren Wohlklanges in allerhöchsten Kreisen so beliebten böhmischen Sprache!

Was leider die sonst vornehme und wohlerzogene Dame aus dem Wort: Powidal gemacht hat, ist allerdings allerhöchsten Ortes als gegen die gute Sitte verstoßend empfunden worden. Alle Erzherzoginnen verließen indigniert den Saal und Seine Majestät bemerkten kaustisch: ›… Sie hat eine unglückliche Hand mit dem Mund!‹« – Hier räusperte sich der Rat diskret. – »Jede andre wäre in Ungnade gefallen!

Jetzt lernt sie bei einem böhmischen Reitknecht – sind ja alle so hoch musikalisch – Singen gegen das Stottern. Sie hat im Park, hör ich, hinter ihrem Palais eine künstliche Grotte – aus Kork und Siegellack, oder was weiß ich (ein sogenanntes Nimfeum, wie man mir im Hofbauamte versicherte), und da übt sie, als Venus verkleidet, unter der Anleitung des überaus tüchtigen Burschen beim Gemurmel des Wassers das gewisse Mundfertigkeitskunststückel des Demosthenes, hab ich mir sagen lassen. – So. Und für den Reitknecht – Krschiwoschschkralek schreibt er sich – sprechen S's fehlerfrei nach, wann S' in Österreich Carriere machen wollen – ist Ihr Posten, lieber Eynhuf, in Aussicht genommen. Denn daß der Mann irgendwie gesellschaftlich eingefügt werden muß, müssen Sie selber einsehen, und Sie kommen vielleicht aus besonderer Gnade im Viehtaxamt unter oder bei der Hofleimsiederei in Siebenhirten! Und jetzt, spielen S' Klavier gegen den Wind, wenn S' können. Wünsch angenehme Verrichtung!«

Eynhuf war kalkweiß geworden und nagte die Lippen. Horraker fuhr mit stechendem Blick fort:

»Aber glauben S' nicht, daß Sie der einzige sind, der unter die Räder kommt. Alle enden schlecht, die was sich Extravaganzen zuschulden kommen lassen; merken S' das Ihnen, Eynhuf!

Schaun S' Ihnen da z.B. den Čzwačzek an! Der ist heuer, hör ich, auf einen Maskenball gar als Pan verkleidet gegangen, als Nymphenstrizzi! Arg genug. Aber daß er sich die Hufe beim Hofschuster Nastopil hat machen lassen – hat man ihm nie verziehen! Noch dazu Saffianhufe mit Ebenholzstifteln! Iebermut, purer Iebermut. Der ist gestürzt worden! Gelt, da schauen S'! Der Liebling der

Wiener! No, frag ich, haben Sie sich früher einen baufälligen, wackligen Čzwačzek vorstellen können? Ich nicht. Dasselbe Schicksal hat auch 'n Jalowikar ereilt, der in seiner unseligen Tanzleidenschaft den Aschermittwoch geschändet hat. (Jetzt hat der Osbelkaus die Stelle.) Aber ihm ist Recht geschehen. – Können Sie sich z.B. den Sauerpfister herumhupfend denken, vielleicht gar mit kleine vergoldete Flügel oder so? (»Behüte, behüte«, murmelte Eynhuf.) Und daß ich zum Schluß komm: Die Guckeisen ist auch endlich pensioniert worden. Was muß sie auch, einer lang verschollenen Mode Rechnung tragend, am Faltenwurf einen Nabel angedeutet haben? Da gibt's nur ein Wort: Pfui Teufel! Also: ich wiederhole: Sunt exempla!«

Mit kurzem Gruß empfahl sich der Goubernialrat.

Eynhuf stand da, verdattert wie ein Hund, dem der Blitz ins Wassernäpfchen geschlagen hat.

Also so sah es mit ihm aus, das war ja weit schlimmer, als er sich dachte! Und dazu wurde erst vor acht Tagen die unberechenbare Exzellenz Česky von Zirkelgriff »wegen seines seltenen Patriotismus und der geglickten Öffnung des Geheimarchivs« zum Gouverneur des Hoftrommeldepots ernannt! Was sollte er nur tun? Seinen Fleiß, seinen Übereifer verdoppeln? Ja, wer das Glück hätte, sich durch eine gute Idee unentbehrlich zu machen, wie Collega Ungwisch von Unkenstall! Was hatte der doch für Staub aufgewirbelt mit seiner Broschüre: »Wehmütige Betrachtungen eines Kais. Beamten über das jüngste Gericht und den damit verbundenen Ausfall an fiskalischen Liquidationsgebühren.« Hm. Ähnliches würde unbeachtet bleiben, aber was tun? Um sich seine Stellung zu verbessern, beschloß er, den Hofrat Sauerpfister als angenehmer Gesellschafter zu erheitern und schaffte sich das Büchlein: »Nossek, der englische Spaßvogel« an. Doch kam er niemals dazu, einen Witz passend ins Amtsgespräch einzustreuen. Also weiter denken! Die tollsten Ideen durchflatterten sein armes Hirn. Einmal war er schon allen Ernstes daran, für ein Jahr auf Wartegebühr Urlaub zu nehmen, um nach Westindien zu fahren und plötzlich auf den noch herrenlosen Guanoinseln die Kaiserlich erbländische Flagge zu hissen und durch solch kühnes Beginnen seinem Kaiser unentbehrlich zu werden. Aber weiß Gott, was inzwischen mit der Höllteufel geschehen würde. Zum Schluß kam er zu folgendem Calcül: unter allen Umständen die Sache mit dem Liebestrank beschleunigen! Fällt er – bleibt ihm immer die Höllteufel als reizender Notanker! »Du Glückspilz in spe!« jubelte er in plötzlichem Stimmungsumschlag, »– sie ist nicht nur eine Venus auf Erden – nein, auch eine mehr als glänzende Partie und kann dich von ihrer hohen Gage allein schon standesgemäß ernähren. Also, alte Hexe, braue nur zu!«

Im Häusergewirr um St. Ulrich herum, dort, wo die Nelken vor dem grauen Gerümpel verträumter Rococohäuser feilgeboten werden, und buntgemischtes Volk durch die feuchtglitzernden Straßen sich windet, begegnete ihm Frau Zisch. Eynhuf stand gerade versonnen da und sah die Blumenpracht nicht, auf die Sonnenstrahlen durch leichten blauen Holzrauch staubten und juwelenblitzende Spiele aufführten, sah das Aufflammen der Goldlichter nicht auf den rostigen Kronen verschnörkelter Heiliger in den Nischen der grauen Kirchenmauer, sah selbst seinen Lieblingspatron St. Nepomuk nicht, der in verdrehtem Tanzschritt erstarrt war und stirnlos – ein taubenbesetzter Vollbart bloß – zum Himmel starrte. Er sah auch Frau Zisch nicht, trotz dem blaugestreiften Zitzkleide, dem weinroten Shawl und dem ellenhohen Ebenholzkamme, auf welchem der gute Hirt in Messing eingelegt war, ein Lamm auf den Schultern.

Munter bot ihm Frau Zisch einen guten Tag; im Arm trug sie eine Pendeluhr, die sie dem wackeren Meister Peregrin Unruh, der dort herum hauste, zur Reparatur zu geben gedachte.

Es war ein ungewöhnlich schönes Stück, stellte es doch einen vergoldeten Mann in antiker Tracht dar, der einen Löwen an einer Kette immer und immer wieder aus einer Höhle heraus und herein führte …

»Da könnte ich stundenlang zuschaun«, bemerkte endlich der verlorene Träumer. »Wer so was nur erfinden kann, ich könnte das nie und nimmer zustande bringen, und wenn ich tausend Jahre nachdächte …«

»Ja, ein schönes und seltenes Stück, Pate Großkopf hat sie unserm braven Annerl zum 15. Geburtstag geschenkt! Das wißbegierige Kind hat sie gleich zerlegt und mit feinstem Prowanzeröl geputzt – leider fehlt jetzt wohl dieses oder jenes Stückerl, aber der Unruh wird's schon richten! Überhaupt, mein Annerl, sag ich Ihnen, wirkliche Freud hab ich an dem Kind! So praktisch, alles greift sie an, schon heute eine kleine Hausfrau – der Mann kann sich einmal gratulieren, der was sie heut oder morgen bekommt.

Ja, ein Segen für die Eltern, die was brave Kinder haben! Wie leid mir da zum Beispiel der arme, arme Herr Zumpi tut! So viel auf einmal – das ist eine Bürde, die auch einen großen Menschen niederdrücken würde!«

»Herr Zumpi? Was ist denn geschehen? Ein Unglück, behüte?«

»Was? Sie wissen das Gräßliche nicht, und pfeifen's doch alle Spatzen von die Dächer! Is doch schon vor 14 Täg im Diarium gestanden – auch das Mitternachtsblatt, das der Meinige liest, hat sich der Geschichte bemächtigt und selbe breitgetreten … also horchen Sie!«

Eynhuf glotzte. Seine Augen glichen zwei Wagenschmierflecken auf einem schlaffen, isabellenfarbenen Hosenboden.

»Also horchen S': Was den Zwerg seine Schwester war, die was das schöne Haus in Krems gehabt hat, mit den Malereien das … ich glaub, die heiligen Drei König sind's, die was sich grad verirren … also die hat doch ein Mädl aufgezogen fürs Kloster oder so … ein rothaariges Ding war es Ihnen, ein guckerscheckertes. Also das war ganz eine Schlechte, voll heimlicher Lüste. Die hat doch einen Fleischerburschen verdorben, daß er ihr Herzallerliebster wurde. Florian Bihander hat sich derselbe immer geschrieben.

Dann einmal, in finsterer Nacht, und die Donau hat schaurig gerauscht, und ein einsamer Brand war wo am Himmel – weit hinter Göttweih – haben s' die Greisin im Bett geschlachtet und sind durchgegangen mit Säcken voll Thalern und Zwanzigern, und bloß ein blutiges Messer hat man gefunden und ein ausgerissenes Ohrwaschel mitsamt einem silbernen Ohrring, was aus einem Salzburger Gnadenpfennig gemacht war. Und die Leich von der armen Zwergin, an der der Kropf das größte war, haben die herzlosen Mörder in den Rauchfang gehängt und kein Mensch hat's vom übrigen Gselchten auseinander gekannt – auch der Kreisarzt hat's für ein geräuchertes Spanferkel gehalten. Und die Zumpischen aus Wien haben alles geerbt, aber die Fleischwaren und so haben s' verkauft, und beim Greisler haben die Frauen rein die Fraisen bekommen, wie s' beim Aufschneiden gemerkt haben, daß es die Leich von der armen Seligen war! Und dann ham s' es feierlich begraben. Und das Aufgeschnittene, was schon in Papierln gepackt war, dazuglegt. Die ganze Geistlichkeit ist mit, sogar der Herr Bischof von St. Pölten, der grad auf der Sommerfrische in Viehhofen verweilte, ist eigenhändig gekommen. Erhebend und herzergreifend soll es gewesen sein.«

Sie wischte eine Träne aus dem Auge.

»No, die reiche Erbschaft ist den armen Haschern ja zu gönnen, nach all dem noch viel Traurigeren, was' haben tragen müssen.«

Sie seufzte tief und schimpfte dumpf auf.

»Was denn noch?«

»Das wissen Sie auch nicht?« Kopfschüttelnd betrachtete die neuigkeitsschwangere Dame den Hofsekretär.

»Das haben Sie auch nicht gehört? Das was einer jeden Mutter das Herz brechen muß, vor Gram und Kummer. Der Riesenskandal mit der Tochter, der Crispine! Die hat sich als a Verschmähte an andern an den Hals geworfen, und da hat der gestrenge Papa, der was so heikel ist, sie aus dem Elternhaus verstoßen. No, und da ist sie doch schlecht geworden. Geht – o ich kann es gar nicht sagen – geht, allerdings nur in den finstersten Nächten – auf die Straße! Der Bemmerlfeind, der Grundwachter, hat sie schonend angehalten und dem Vattern alles mitgeteilt, und der alte Mann – schrecklich soll er gewesen sein in seinem Zorn – hat die Person verflucht. Kellnerin is sie jetzt, nein so a Schand, bei der ›Goldenen Latern‹ in der Spittelberggasse, wo der schändliche Verein ›Die Feigenbrüder‹ seine Gelage feiert, und das gewisse Lied Nacht für Nacht ertönt:

Bei der Gigeritschen
Bei der Gageratschen
Bei der goldenen Latern
Da hat s' es Trikot zerrissen
Da habn s' es aussagschmissen …

Ja, unglückliche Eltern gibt's trotz Geld und Ehren. Wie glücklich darf ich mich da nennen! Schaun S' mein Annerl an! Ich will sie gewiß nicht loben – aber das wär eine Frau für Ihnen!«

Verlegen bemerkte Eynhuf: »O, gewiß, gewiß, aber noch ein bisserl sehr jung.«

»Jung?« erwiderte die stolzgeblähte Frau, »jung, das ist ja kein Fehler, dafür ist sie aber auch so unschuldig wie ein Tauberl. Erst neulich bei der Jausen – wir haben Mohnbeugeln gehabt, die Annerl hat s' gebacken, delicat! – fragt sie, das Engerl: ›Mammi‹, sagt sie ›nicht wahr‹, sagt s', ›die kleinen Kinder kommen aus dem Brunnen weit hint im Schmecketen Wurmhof*? Die Angestellten von der städti-

* Sehr bekanntes Haus im Zentrum Wiens.

schen Hebestelle heben s' heraus, gelt?‹ – Weil s' einmal was von der Hebamm ghört hat, ist s' auf diese süße Idee gekommen. Mein Mann hat vor Genugtuung die Hände gefaltet – hat grad seine schwarzen Diensthandschuhe angehabt – no und ich hab geweint vor Freude und hab mir gedacht: Wie glücklich bist du, nicht die Zwergische als Tochter zu haben – o pfui, pfui, die schlechte Person, was ihrem alten Vater so viel Kummer bereitet! Eisgrau soll er über Nacht geworden sein und ganz gebrochen, der sonst – verhältnismäßig – stattliche Mann! Ja, sowas tut weh. Wissen S' – daß ich's Ihnen nur sag – ich glaub wir dürfen schon ganz aufrichtig miteinander reden, nicht wahr, kleine Geschichten gibt's ja in jeder Familie. Wissen S' mit der Nichte von der meinigen Schwiegermutter haben wir auch viel Sorgen und Gfrött gehabt. Also, die war Ihnen so eigen, so eigen – no ja, der Ärmsten haben s' einmal bei einer Hochzeit am Land an Nagel in' Kopf geschlagen, und seit der Zeit, ob Sie's glauben oder nicht, war sie ein bisserl gschupft, wie man sagt.

So roh, was auch die Leut am Land sein müssen. Jeden Spaß gleich übertreiben! So ein dummer Scherz das! Sie war wohl ein bißl angeheitert wie alle – is ja nix dabei – und da is ihr immer der Rosmarinkranz vom Kopf gerutscht, den was sie als Kranzljungfer hat tragen müssen! Aber gleich annageln, wie ungeschickt. Und jetzt«, Frau Zisch sprach unter Thränen, »hebt sie sich immer so auf! Wer muß es ausbaden? Wir! Besonders gern in die großen Warenhäuser – unlängst beim Fürsten Ypsilanti! der Skandal – und bei der schwäbischen Jungfrau (gut bedient wird man dort!) vor ein paar Tagen – das kann ich Ihnen gar nicht erzählen (wir haben ihr da grad eine Brautausstattung aussuchen wollen, daß s' endlich amal auf andere Gedanken kommt).

Herentgegen mein Annerl! Wenn die sich die Strümpf wechselt – sie hat wohl üppige Waderln – deckt sie den Canari zu, weil er a Manderl ist, so feinfühlig ist die Ihnen! Aber ich verplausch mich da!

Lassen S' Ihnen doch bald einmal anschaun!« Verschwand und ließ den erschütterten Eynhuf stehn.

Der starrte wie verloren in eine Preßwurst im Fenster eines Metzgerladens und glaubte, in deren leichenschänderischem, vielen delikat erscheinenden Mosaik bald das verzerrte Gesicht des unglücklichen Zwerges zu sehen, bald das der Verworfenen, der er seinen Namen hatte schenken wollen, bald die Mordszene in Krems ... Schaudernd wandte er sich ab von dem magischen Spiegel aus Sülze und Schwarten, die ihm wie gesottene Seufzer geschundener kälberner Unschuld erschienen.

Doch die Erinnyen, die überall zahlreich nisten, waren auf und verfolgten ihn mit weiteren Gesichten.

Eine kleine, aber bezeichnende Szene, die er einst in einer seiner zahlreichen Verkleidungen belauscht hatte, zauberten sie vor sein geistiges Auge:

Eines Tages gab es nämlich in der Rauhensteingasse einen peinlichen Auftritt. Als die schöne Höllteufel gerade bei der »Weißen Katze« Schminke kaufen wollte, trat ihr der greise, kummerbeladene Zwerg entgegen und fixierte, auf seinen Stock gestützt, finster die Sängerin.

Mitleidig kramte diese in ihrem Perlbeutel und reichte dem alten Mann einen Viertelkreuzer. Der wies jedoch das Geldstück voll Würde zurück und sprach, in der Meinung, daß alle Welt die Ursache seiner enttäuschten Familienhoffnungen kennen müsse, die inhaltsschweren Worte:

»Ich bin der Vatter!«

Die Sängerin sah ihn verständnislos an, aber dem vermummten Sekretär gab's einen Stich ins Herz.

Jetzt spürte er den Stachel aufs neue und schlich bekümmert von dannen. Und die Stimme des Gerichtes, die jeder im Herzen trägt, rief ihm zu: »Diabolischer Eynhuf! Du hast die Lilie aus dem Zwergengarten zertrampelt!«

Und Eynhuf sah jetzt den Weg vor sich in erschreckend nackter Klarheit, den Weg, der über zuckende Mädchenherzen zum lockenden Ziel seiner Wünsche führte. Schon

Joseph Arthaber
FHO
1921

fühlte er die üppige Diva mit den schwarzen Locken in seinen Armen, schon sah er sich auf der Hochzeitsreise in wiegender Kalesche! Nach Italien sollte es gehen, durch marmorne Städte voll flatternder Tauben, durch Haine, in denen Orangen dufteten und kunstreiche Wasser sprangen, geschmückte Maulesel klingelten, und wo über fackelbeleuchteten Plätzen, neben dunklen Säulenhallen und ehernen Götterbildern buntröckige Seiltänzer ihre Künste zeigten. Nach Mailand sollte es gehen, wo sie die Scala sehen würden, und Professor Zampini das berühmte Paar in Kupfer stechen sollte. In Cremona würden sie Professor Spalanzani seiner wunderbaren Automaten wegen aufsuchen und in Venedig die Brigida Arcimbalitana am Malibrantheater in ihren unvergleichlichen Bubenrollen bewundern, die schmelzender singt als des Papstes beste Castraten.

Dann würden sie ein Schloß kaufen in blauen Wäldern an einem grünen Gebirgssee – am liebsten unweit von Ischl, das jetzt bei Hof so in Mode zu kommen begann … Auf blumigen Bergwiesen würden sie den Café nehmen, livrierte Bediente würden die Körbe tragen, voll Leckerbissen und Champagnerflaschen, und ihre Blicke würden über die abendrotglühenden Gipfel schweifen, bis hin zu den eisgrauen Fernern. Und übers Jahr – sei stille o Herz – in schaukelnder Wiege ein zierlicher Eynhuf – und rauschende Feste in glänzender Wohnung – in zwei – drei Jahren selbst Hofrat – dann schreckst du mich nimmer, Sauerpfister!

ZWÖLFTES CAPITEL

Am hohen Mittag war's, an einem Freitag, Eynhuf ging zur Hebamm und Hexe. Von der Bettlerstiege schlich er durch riesige Höfe, durch eine förmliche Stadt, die nur wenige kannten.

Gleißendes Sonnenlicht weckte modrige Mauern zu blitzendem Leben, vergoldete Häusergerümpel zu farbigen Zauberbildern, so daß man glaubte – da sich alles Gesindel verschloffen – der Valandinnen Lockruf zu hören in Kreuzzugsruinen verlassener kilikischer Städte.

Es war ein verrufenes Viertel. Goldmacher lebten hier und Zeichendeuter, verkommenes Volk, Dirnen und Schurken, die künstlich verkrüppelte Kinder an Bettler vermieteten, und Lumpensammler, aus deren Höhlen die Seuche manchen Jagdzug begann.

Durch einen dunklen Gang an einer rußigen Küche vorbei, in der es nach kaltem Rauch roch, betrat Eynhuf die Theobaldgasse und holte ungesehen den Trank. Nur das goldene Klingeln dreier Dukaten unterbrach die bleierne Stille.

Nach dem Essen schlich er zur Zofe. Die »Gnädige« verschlief stets die heißesten Stunden, das wußte er durch Ludmilla, die ihn oft sehnsüchtig um ein Schäferstündchen zu dieser Zeit gebeten hatte. Da auch die Köchin schlief und Stuben- und Extramädchen selbst ähnlich beschäftigt seien, stünde seinem Kommen nichts im Wege. So schlüpfte er denn ins lauschige Zofenstübchen, das sein Licht von einem winkeligen Hof empfing, in den vielscheibige, nie geöffnete Fenster gingen, blind von Staub und Spinneweben.

Das Mädchen war sehr leicht bekleidet und zog ihn neben sich nieder auf das kleine, zitzüberzogene Kanapé. Ihr ganzes Wesen zerfloß zu einer kosenden, schmeichelnden Gebärde, doch Eynhuf blieb steif und stumm. Niemals glich er mehr dem wächsernen Schaugebilde, das mit lackglänzenden Augen dem Haarkünstler Kunden anlocken soll. Alle Liebkosungen verschwendete das üppige Mädchen, an dem alles vor Liebesbegehr zitterte, umsonst an diesen etwas verschossenen Genius einer verschollenen Eleganz.

So nahe am Ziele zu sein! und nicht zu wissen, wie die Sache beginnen, wie den Liebestrank zu applizieren! Da kam ihm das Mädchen zu Hilfe.

Für einen kurzen Augenblick von seiner Starre ernüchtert – er sah jetzt fast aus wie ein Ballarrangeur eines Gespensterkränzchens –, klagte sie ihm:

Jaromir, Jaromir, du weißt nicht, was ich wegen deiner leide!« Die Gnädige, die ihre Zerstreutheit schon seit langem merke, gebe ihr immer deutlichere Beweise von Ungnade. Es wäre gar zu schrecklich, eine so glänzende Stelle zu verlieren, den Posten, der sie überreich mit Trinkgeldern und hunderterlei Toilettenkram der Künstlerin versorge! Da kam Leben in Eynhufs wächsernes Antlitz.

»Ludmilla!« sprach er durch die kummervolle Nase, »schau, wie ich immer an dich denke! Schau Herzerl, so lieb ich dich hab, kann ich mich immer noch nicht an den Gedanken mit der Greislerei – weißt schon« – Ludmilla nickte traurig – »gewehnen. Da müssen wir noch ein bissel Wasser in die Donau rinnen lassen, und da hab ich etwas besorgt, das dir die Liebe und Achtung deiner Herrin dauernd erhalten wird! Schau, was ich da gebracht habe! Du weißt, wie die Herrin ihre Stimme behietet. Nun gibt es ein Mittel, das die Stimme für ewig bewahrt und so verschönert, daß man meinet, die lieben Engerln im Himmel singen zu hörn! Aus Egypterland kommt es, hör ich, oder gar aus Babylon, der Calafati, der was das große Ringelspiel im Prater hat und dort wo her ist, hat mir's besorgt, der Gute! Wird mit Gold aufgewogen! Hier ist es!« Triumphierend zog er das Fläschchen aus der Tasche. Mit ehrfurchtsvollem Staunen betastete Ludmilla das Ding.

»Da nimm's nur und gieß drei Löffel voll täglich deiner Dame in den Café.«

»Na, Tschokalat tut s' jausnen – muß es eh gleich richten gehn.«

»Umso besser«, suggerierte ihr Eynhuf, »mach'n wir gleich eine Probe.«

Die Zofe verschwand in der Küche und kehrte bald mit der Chokolade zurück. Eynhuf folgte ihr nach mit den Blicken, als sie durch das Ankleidezimmer ins Schlafzimmer der Künstlerin schritt. Es war reizvoll, das hübsche Mädchen zu sehen, das Goldhäubchen auf dem Kopfe, eine flache Silberschale in den Händen, auf der zwei violette und seladongrüne Kannen und eine Tasse nebst einer barock aufgebauten Zuckerdose standen. Vergoldete Landschaften schmückten das edelgeformte Porzellan. Ein schräger, einsamer Sonnenstrahl brachte die Conturen des anmuthigen Bildes zum Leuchten.

Eynhufs Herz klopfte zum Zerspringen. Er zählte die Sekunden … jetzt steht sie vor ihr, jetzt erwacht die holde Schläferin, jetzt schenkt sie ein, jetzt trinkt sie … Ludmilla kam zurück, lehnte sich schmeichelnd an den Sekretär und sah ihm selig in die Augen. Dankbar streichelte sie ihm die leise bebende Hand. Doch er schaute weiter das Bild der Herrlichsten. Jetzt trinkt sie wieder … wie das schmeckt – gelt Bräutchen? … So lecker war die Chokolade nie … jetzt lehnt sie sich wollüstig zurück, schließt wonnetrunken die Lider, jetzt …

Ein Klirren und Krachen – ein gedämpfter Ton wie – nein, nein – jetzt reißt jemand die Türe auf – deutlich, schreckhaft deutlich hört Eynhuf ein Würgen und Brechen, hört ihre erstickte Stimme: »Lud – o du Schwein – milla … pfui …« rufen.

Er hält selbst starr wie Stein das bebende, zitternde Zöfchen an sich gepreßt. Jetzt fliegt die Türe auf – mit verwirrten Locken – die zitternde Hand auf dem Magen – steht die Königin seiner Träume vor ihm … und wirft ihn hinaus.

Wirft ihn hinaus. Duldet Liebschaften mit ihren Domestiken nicht in der Wohnung!

Mit zitternden Knien wankt Eynhuf zum Tor hinaus. Fliegt in rasender Eile – ja wohin nur? – zu Großkopf! Der kann vielleicht noch einmal raten, helfen. Blöde lächelnd lallt er halblaut immerfort: »Vom Calafati, vom Calafati«, gleichsam als Schild der Betäubung gegen die Cavallerieattacken des Schamgefühles, das Angriff auf Angriff auf sein Denken macht.

Stürmt die Treppe hinauf und reißt an der Klingel. Drin hört er Trappeln und Räumen, lang macht man ihm nicht auf, er läutet zwei-, dreimal, endlich erscheint Großkopf in einem gestickten Samtkäppchen mit goldener Troddel am Kopf und macht ihm die Tür auf. Großkopf sieht ihn nicht besonders einladend an, als er zu ihm sagt:

»Ah, Sie haben geläutet – entschuldigen, ich war in den hinteren Zimmern. Habe gerade meine Papiere geordnet – hmja – erwarte nämlich den Notar – muß jeden Augenblick da sein – zum Testament machen – müssen schon entschuldigen.«

»Bitte, nur auf ein Wort – ich verlasse Sie sofort«, sprudelte Eynhuf hervor. »Ich muß Sie sprechen – muß, hören Sie«, schrie er jetzt los, »– es ist ja gräßlich –«

Mißtrauisch ließ ihn Großkopf eintreten und nötigte ihn, auf einem Stuhl, aus dem eine spitze Sprungfeder herausstand, Platz zu nehmen. Doch Eynhuf ließ sich nicht beirren und plärrte los: »Alles verloren!« Sich überstürzend erzählte er Großkopf das Fürchterliche, kalten Schweiß auf der Stirne. Großkopf hörte ihm zerstreut zu, sichtlich nervös trommelte er mit seinen langen Fingernägeln einen Marsch auf der goldenen Dose und sagte endlich ganz freundlich:

»Alsdann, g'schbieben hat s'! No, hat s' halt z'viel Taubendreck einagebn, die gute Alte. – Kann halt a 's Rezept nimmer gut lesen, mit der dreckigen Brilln! Haben S' Ihnen die schon amal näher angschaut? Was weiter ... und darüber regen S' Ihnen so auf – gibt ja noch soviel saubre Madeln in Wien ...«

»Großkopf! das mir! Für mich existiert nur die Eine – mir bricht das Herz, das Herz hat sie mir gebrochen! So hören Sie, bitte, den Schrei meines Herzens!«

Laut schluchzend stürzte er jetzt, ehe es Großkopf, der jeder seiner Bewegungen gespannt gefolgt war, verhindern konnte, zum hochaufgetürmten Bette des Junggesellen, auf das er sich laut stöhnend warf, sinnlos in seinem Schmerz auf die Kissen hämmernd. Was war das? Auf das gequälte Schluchzen des Mannes, auf den Todesschrei dieses brünstigen Auerhahns antwortete ein unterdrückter, durch Federbetten gedämpfter Schrei aus weiblicher Kehle.

Mit unsagbar dummem Gesicht starrte Eynhuf auf das brodelnde Bett ... Da lag Annerl, splitternackt, lediglich mit betreßten Husarenstiefeln aus blauer Wichsleinwand bekleidet. Tiefes Schweigen herrschte im Zimmer. Nur das tremolierende Zwitschern eines fernen Canarienvogels verzierte mit anmuthigen Arabesken dieses Cabinetstück kleinbürgerlicher Entgleisung.

»He, hümm, chm«, sah sich der Herr der Wohnung zu erläutern bemüßigt – »Ja, wie ich sag ... nämlich, höhö! – die Annerl hat heute einen Schulausflug gmacht, ja, weil Rosalia ist – und da hams ihr – die unartigen Mädeln – ja, höhö – aus Übermut natürlich, wie ich sag – eine Kornähre in den Halsausschnitt gesteckt, höhö! Ja, hinten! – beim Genick – und da ist das gequälte Kind her zu mir – weil s' grad da vorbeigangen san – na, auf der Gassen kann sie doch nicht – ich soll ihr's heraus nehmen – no ja, als Onkel, höhö – is auch a dummer Spaß, das, ja. – Ja, und da sind Sie gekommen – und da …«

Doch Eynhuf sah alles wie durch ein trübes Glas, das der andere mit all dem Speichel seiner Beredsamkeit nicht blank zu putzen vermochte.

Gramgebeugt eilte der Sekretär davon.

»Verloren hast du sie, unseliger Eynhuf, verloren!« rief er sich zu. »Die Höllteufel hin, die Zwergischen hin – die Zisch – hin … o, o, o …«, blieb stehen und streckte abwehrend die Hände aus, ein grausiges Trugbild zu bannen: Einen Grünzeugladen sah er:

»Bürgerl. Fragnerei des Jaromir und der Ludmilla von Eynhuf«, stand darauf … in weißer Schrift auf schwarzer Tafel … ein Bund Unschlittkerzen schaukelte leise in der lauen Luft, es roch nach Gosse, Leute mit Zahnweh gingen vorbei, ein Bulldogg bellte, vor ein Handwagerl gespannt …

Er merkte gar nicht, daß ein süffisant aussehender Herr vor ihm stehen geblieben war, die Hände auf einen Stock gestützt, und ihn interessiert betrachtete.

»Sie sein's!« Tegeler von Schell sprach ihn an. »Sie sehn ja aus wie ein g'spiebenes Gerstl … will sagen, wie d' Henn unter 'm Schwanz – ja, was iserl denn? Steckt da ein Mäderl dahinter, oder is Ihnen für einen Augenblick zu Bewußtsein gekommen, daß Sie – teils durch Studien, teils durch Protektion ein nichtbefähigter Bediensteter bei der Tragvorrichtung der sittlichen Weltordnung sein? No, nix für ungut, brauchen Ihnen nit anstrengen, erzähln S' mir halt, was Ihnen druckt, wenn er außer ist, der Mageninhalt der Seele, so kann man …«

»Das is ja eben, der Mageninhalt«, seufzte Eynhuf und erzählte sein Leid. Als er geendet, sprach in beruhigendem

Ton der andere: »Müssen Ihnen nicht kränken. An jeden geschieht was – mir haben s' gestern meine Doktordissertation zum drittenmal zurückgewiesen – ›Von der Nabelschnur bis zum Schnapsglasl‹ – hat sie geheißen – ein Abriß der Entwicklung des menschlichen Trinkgeschirres. Und Sie haben mit untauglichen Mitteln zaubern wollen. Mit Taubendreck! Na ja, is a Phosphat und steht als solches wohl wie ein symbolischer Grenzwachter zwischen zwei Welten, und is a Vetter von die Hundswürsteln – diesen Skeletten verdauter Treue – is a rechter Gespenstercaviar dieses Phosphat – aber immerhin – in an Jausericafé oder so gehört's net eini.

Taubendreck! Ja, Taubendreck«, sagte er und blickte träumend in die Ferne. »Taubendreck! Ein unerschöpfliches Thema!

Ha! Taubendreck auf dem Zylinder des Spießers! Was für ein Befruchtungssymbol! Unter die Zunge gelegt, macht er hellsehend! Da gibt's auch bei verbundenen Augen niemanden, der net wüßt, was des is. O über die Symbolik und Exegese dieses unerforschten Themas! Erasmus von Rotterdam schnupfte Taubendreck in der Zerstreutheit! Abelard schrieb Heloisens Namen mit Taubendreck an die Wand, daß er weithin leuchte zum Preise seiner Geliebten.«

Er nahm den versunkenen Sekretär beim Knopf und fuhr eindringlich fort: »Der heilige Stephan putzte die Krone Ungarns mit Taubendreck blank, und Rudolf II. wollte den 11000 Jungfrauen in Cöln eine Kathedrale bauen lassen, klarerweise ganz aus Taubendreck! O über das Symbol der Unschuld! Doch die Jesuiten redeten es ihm aus und nahmen den ganzen Taubendreck, den Tausende von frommen Büßern und Wallern in Kraxen und Körben und Wagen herbeigeschafft hatten, weg und verkauften ihn an die Handschuhmacher in Gent.

Ha, ein unerschöpfliches Thema! Zwölfbändige Werke, was sag ich! ganze Bibliotheken könnte man nur mit Taubendreck füllen … und noch immer bliebe … a! Da muß ich mich hineinvergraben … ha … eine Flut seh ich … was! Eine donnernde Lawine von Taubendreck stürmt auf mich ein! Hurra, ich hab's! Ein neues Thema zu einer Doktorarbeit.«

Dann sprach er liebevoll zu Eynhuf weiter: »Was vermagst du, sterblicher Wurm mit den Goldborten am Hosenbein gegen den losesten der Götter?!« Pathetisch fuhr er fort und nahm den Hut vom Haupte: »Den übermütigsten Herrn der Welten, dessen Herzogtümer sind die Pfirsichgrübchen in holden Wangen der Jugend! Aus paphischem Rubin süßer Kirschenlippen ist sein Kronmantel gewoben, und sein Reich ist erfüllt vom holdseligen Dufte zweckloser Schönheit! Hyazinthen und Narzissen sind ihm so heilig.«

Verständnislos glotzte ihn der Sekretär an.

»Sagen S' mir lieber, was ich tun soll? …«

»Wallfahrten S' nach St. Amor«, lächelte verbindlich grüßend der freundliche Kenner der Keramik und wandte sich zum Gehn. Doch plötzlich kehrte er um, nahm Eynhuf wieder beim Knopf und sagte ihm: »Schaun S', ich hab da noch was zu sagen vergessen. In all dem Pech haben S' doch immerhin Glück gehabt! Die Verbindung mit die Zumpischen wär auch nichts für Sie gewesen, selbst die Familie war bemakelt.«

Von allen verlassen kam Eynhuf sich vor, wie ein Seeheld, dem die stolze Fregatte »Höllteufel« mit dem vergoldeten und bemalten Heck, das bresthafte Trabakel »Crispina« und die Lustyacht »Annerl Zisch« im Sturme zugrunde gegangen sind, dem nur noch das bescheidene Schinakel »Ludmilla« als Rettungsboot blieb. Da hatte er's!

Aber halt! Konnte nicht auch der letzte Milchzahn der Kahn sein, auf dem er zu seinem Kaiser schiffte, zu seinem gnädigen Fürsten, der Rettung bringen sollte im Sturme der Sauerpfister, vor der Gefahr, an den Powidlklippen der Sirene Kladrupp zu scheitern?

ARARISCHE
HASEN
PFOTEN
144 ST.
WIEN
K K
TINTE
FHO

Also geschwind einen Milchzahn auftreiben, vom schönsten Mädchen – doch in Windeseile, viel Zeit war nicht mehr zu verlieren! Der Amtsschimmel konnte schnell traben, wenn er vor den Henkerkarren gespannt war.

Das Tableau brauchte auch seine Zeit, nur Entletzberger war imstande, es zu machen – und der würde die Arbeit nie ohne den fehlenden Zahn übernehmen.

»Was i mach, mach i urntlich« – war seine Devise.

»Zum dritten und letzten Mal! Hilf du, Großkopf!« Und Eynhuf schrieb ihm noch in der Nacht einen dringenden Brief, er möge morgen kommen und raten.

Es war ein heißer, windiger Sommertag; eine hohe, blauschwarze Wolkenwand stand am Himmel, während stechende Sonne in den breiten, vielfenstrigen Flurgang des Querulantenhauses fiel. Im Hause rochen die Aborte, ein sicheres Zeichen kommenden Gewitters – irgendwo schlug eine angelehnte Türe auf und zu, denn ein heißer Wind hatte sich erhoben. Manchmal rasselten die Fensterscheiben, dann war es wieder so still im hellen Zimmer, daß man eine dicke, schillernde Schmeißfliege summen hörte.

Von den reichgeschnörkelten barocken Zwiebelhelmen der Pfarrkirche, die den heiligen Siebenschläfern geweiht war, grünpatinierten Türmen, auf denen die Glanzlichter der Sonne strahlten, klang dünn ein Sterbeglöckchen.

Jetzt hörte er am Gange hallende Schritte. Rat Großkopf trat zu Eynhuf ins Zimmer, den ruppigen Biberhut in der Hand, ein Meerrohr unterm Arm mit einem Porzellanknopf, auf dem eine nackte Rococodame, sich fächelnd, tanzte.

Draußen grollte ferner Donner. Nachdenklich starrte Eynhuf zum Fenster hinaus in einen Wirbel von Staub und Häckerling, von ängstlichen Vögeln durchflattert. Der Sekretär beichtete seine Not. Die einzige Hoffnung, seine Stellung zu retten, sei eine schnelle Audienz, um Seiner Majestät das Tableau mit den Milchzähnen zu überreichen; aber war das möglich, solange der letzte Milchzahn fehlte?

»Da haben S' recht«, meinte Großkopf und schaufelte still mit dem langen Nagel des kleinen Fingers den Schnupftabak seiner Dose durcheinander ..., »aber nehmen S' doch ein Milchzahnderl von Ihrer Tant, der Schosulan.«

»Was fallt Ihnen ein!« brauste Eynhuf auf – »meinen Kaiser betriegen! Nie, nie wird aus meinen Händen eine Fälschung kommen!« Bockbeinig beharrte er darauf, einen Zahn von einer »direkten Schönheit und unangetasteten Jungfrau, natierlich« haben zu müssen.

»Ja, dann bleibt nix anders übrig«, meinte Großkopf, »da müssen S's nächste schöne kleine Mädel hernehmen, die noch an Milchzahn im Mund hat – dös muß noch heut sein, drei Täg braucht der Entletzberger leicht, wie ich ihn kenn – also – freiwillig laßt sich so ein junges Ding kan Zahn reißen – müssen S' halt ... da gibt's bloß an Ausweg – müssen S' halt zur Funzengruber, die hat allweil so a jungs Zeug am Lager. Dann täuschen S' dem Ding an Liebesbegehren vor und dann – Sie haben ja gewiß so a vergoldete Weihnachtsnuß ...«

»Hab ich, hab ich!« jubelte Eynhuf. »Eine kaiserliche Hofnuß vom allerhöchsten Christbaum.«

»Na also, die geben S' ihr ins Goscherl – jetzt knack schön ... oder noch besser: haun S' ihr gschwind am Kopf und 's Zahnderl is draußen! Freilich – ein Mäderl, das noch Millizähn hat, ist a heikliche Sach ...«

»No, ich will ja nix Beeses, behiete, da haben Sie mein Ehrenwort«, beruhigte ihn Eynhuf –

»Glaub's schon, glaub's schon«, wehrte der Rat ab, aber ... ein furchtbarer Donnerschlag ließ das saubere Paar verstummen. Großkopf schlug ein Kreuz, dann zuckte er mit dem Gichtbein in der uneingestandenen Absicht, das Mitleid der grausamen Elemente zu erregen. Im Stillen freute er sich, daß es ja bloß Frostbeulen waren, die er merkwürdigerweise auch im Hochsommer nicht verlor.

Finster war's im Zimmer geworden. Draußen wimmerten die Wetterglocken, und horch – oben spielte der Leibstuhl – mußte doch diese, als traute Nachtigall sich gebärdende Verdauungskommode ihrer Herrin, die hinter ihr zitternd kniete und beim Scheine einer schwarzen Wachskerze aus Altötting betete, durch die »Belagerung von Pampeluna« das Wüten der Elemente übertönen. Bald vergrollte der letzte Donner in der Ferne, und auch des wakkeren Stuhles letzter Cymbalschlag verklang. Das Wetter zog dem Flachland der March und der Hundsheimer Gegend zu, bloß plätschernde Ströme lauen Regens schütteten zur Erde nieder – kein Hindernis für den kühnen Sekretär, der über das blankgewaschene Pflaster der Hebammenhöhle zuschritt.

Schwefelgelber Abendschein blinkte wie Gnomenkichern in den Fensterscheiben des Hexenhauses, auf dessen vor Nässe blauschwarzem Schindeldach das Moos heute smaragdgrün leuchtete.

Er fand die Alte in der Küche hockend vor, wie gewöhnlich gedankenlos trockene Schwabenkäfer sortierend, die gerne von ärmeren Leuten als Medizin gekauft wurden. Stumm, aber durchbohrend blickte Eynhuf mit gerunzelter Stirne lange Zeit die unsoignierte Greisin an. Die stockte in ihrer Beschäftigung. Dann sagte er mit dumpfer Stimme bloß: »Da wär ich.«

»Was wollen S'?« antwortete der Schmutzhaufen. »Kenn Ihna net.«

»So. Bin der Herr, dem Sie drei Dukaten für gesottenen Taubendreck abgeknöpft hat … Liebestrank nennt Sie solch eine Jauche! Pfui Teifel.«

»Hab nie ninderscht net an Liebestrank 'braut«, meinte, unsicher werdend, die schmierige Partnerin.

»Schäm Sie sich«, replizierte gereizt der Sekretär, »schäm Sie sich, eigentlich sollte ich Sie durch den Grundwachter in den Kotter sperren lassen, aber ich will diesmal Gnade für Recht ergehen lassen …«, und er rückte mit seinem Anliegen heraus.

»Eine mit Milchzahnderln – nein, nie.«

Der Disput wurde immer erregter. Endlich bekannte sie Farbe und versprach ihm ein blutjunges Mäderl mit »Augerln wie die Kirscherln«, nur müsse er eine halbe Stunde sich gedulden. Nachdem er Angeld gegeben, schob sie ihn in eine geräumige Kammer, deren ärmliches Mobiliar er im trüben Abendlicht kaum mehr unterscheiden konnte. Der Holzwurm war im Zimmer – die Totenuhr tickte. Bald erschien die Alte mit einer trübbrennenden Lampe und begann ein aufgeschwollenes Bett, das er noch gar nicht bemerkt hatte, abzudecken.

»Nicht doch, nicht doch«, wehrte erröthend der junge Beamte ab, aber die Alte ließ sich von ihrer vermeintlichen Pflicht nicht abbringen, stellte noch ein blaugläsernes Nachtgeschirr neben dem Stiefelknecht nieder und verschwand brummend, kehrte aber sofort, ebenso brummend, zurück und murrte:

»'s Rezept hab i von an heiligen Einsiedel am Hundsheimer Kogel, bei Theben. Den höchsten Herrschaften hat's geschmeckt, daß sich d' Finger nur so abgsutzelt habn …«

»Schon gut, schon gut«, winkte Eynhuf ab, gereizt, daß man ihm Dinge zutraute, die mit den Vorbereitungen der Alten zusammenhingen.

Gleich darauf ließ ihn ein schüchternes Pochen nervös emporfahren. »Herein!« Ein halbwüchsiges Mädchen, frisch und appetitlich, stand auf der Schwelle. Auf dem Kopf trug es einen Kranz vergilbter Leinwandblumen, in der Hand hielt es ein ähnliches, sonderbares Bukett, das nach Windeln roch. Wie ein Automat sprach es folgende Verse:

An lieben guten scheenen Herrn
Hat die Mitzel gar zu gern
Wann er ihr paar Groschen gibt,
Ei! wie ist sie da verliebt!
Scheentun kann sie gar so gut
Mit ihrem frischen jungen Blut

Das machet auch die Alten jung
Selbst in der Erinnerung!
Was a rechtes Madel is
Wahret das Geheimenis.

Dann blieb sie bewegungslos stehen, einen Finger im Munde. Eynhuf starrte auf die seltsame Blumenpracht und wußte nicht, wie er seine Rolle dem Mädchen gegenüber beginnen sollte. Hielt ihn das Mädchen für einen guten Onkel, oder war es ihr zuzutrauen, ihn für einen Wüstling, einen erotischen Feinschmecker schlimmster Sorte zu halten? Jedenfalls rief er sie her. Das mußte sein. Sie kam. Sein Herz begann plötzlich stürmisch zu pochen, als er daran dachte, daß unter allen Umständen ein Milchzahn dieses Kindes da ihm noch heute zufallen würde. Aber wie anfangen? Er sah sich hilflos um. Das Kind folgte seinen Blicken und lächelte plötzlich frivol. Eynhuf bemerkte, daß des Mädchens Augen das Bett fixierten.

»Gelt, da schaust«, meinte der plötzlich erleuchtete Scheinlebemann, »da schlaft die liebe alte Frau, und wenn du brav bist und einmal verheiratet sein wirst, wirst auch du vielleicht so ein Zimmer mit so scheene Mebel bekommen!

Da komm her, setz dich auf meinen Schoß und erzähl mir, was deine lieben Eltern sind.«

Das Mädchen hob sein Röckchen und folgte Eynhufs Einladung mit ungenierter Bereitwilligkeit und geschickter Verwertung anatomischer Kenntnisse.

»Jetzt erzähl einmal von deine lieben Eltern.«

»Der Vater ist der Schinder von Lerchenfeld und der Tant muß i immer in an Heferl a Hundsfettn bringen für d' Schwindsucht.«

Eynhuf zuckte zusammen.

»So. Also das sind deine lieben Herrn Eltern. Hm. Machst du ihnen auch immer die gebührende Freude durch emsiges Lernen? Kannst du schon die Uhr lesen?

Sie macht: Tick tack, tick tack – da horch nur!« Er hielt den mächtigen silbernen Zwiebel dem erstaunten Kind an die Ohren. Eine achtzehn Kopflängen hohe Nymphe war in Emailfarben säuberlich auf das Zifferblatt gemalt, in der Mitte eine Urne, links ein rauchender Türke. Auf dem Deckel aber sah man die Inschrift: ES LeBe UNser GuT-Ter KaIsER! VIvaTT FRanCIScus!

Das Kind glotzte verdutzt auf den schnurrigen Galan, erstaunt ob dessen ärmlichen Unterhaltungsstoffes. Der sichtbare Erfolg machte Eynhuf Mut. Er bekam in den Augen fast den stechenden Ausdruck eines persischen Märchenerzählers und sprach weiter:

»Schau, was alles die brave Uhr da erzählt: Paß gut auf:

Eine – noch kleine
zwei – ei, ei
drei – dideldumdey
viere – beschmiere
fünfe – beschümpfe
sechse – behexe
sieben – geblieben
achte – betrachte
neune – beweine
zehne – verhöhne
elfe – Gott helfe
zwölfe – Wölfe!

Er bleckte grausig die Zähne und heulte hölzern wie aus weiter Ferne, doch das Mädchen blieb ernst und betrachtete ihn forschend.

»Schau diese Geschichte hat mir als Kind immer soviel Spaß gemacht – ich hab's nicht genug oft hören können! Damals hab ich«, er erröthete, »Pantalons in einem Stück – weißt – bis auf die Schultern zum Zuknöpfen getragen, sie waren froschgrün – und hab noch Milchzahnderln gehabt. Geh – zeig einmal deine Zahnderln her!« So lautete der weitere Vorstoß des raffinierten Diplomaten. Das Kind öffnete bereitwillig die etwas zu vollen Lippen.

»Tust sie auch brav putzen? Gelt, da vorn hast noch Milchzahnderln.« Das Mäderl bejahte verschämt und verlor mit ihren Blicken keine Bewegung Eynhufs, der umständlich eine vergoldete Nuß auspackte. »Die ist vom kaiserlichen Christbaum«, sagte er mit einem starren Blick zum Himmel. Das Mädchen wandte sich enttäuscht ab. Die Totenuhr tickte.

»Die mußt du aufknacken«, sprach Eynhuf weiter, »da ist eine köstliche Überraschung drin, kein Nußkern, wie du denken wirst, o nein, nix zum Essen! Etwas viel Köstlicheres: Eine Perle vom geweihten Rosenkranz des Heiligen Vaters!« Das Mädchen wollte nichts vom Aufknacken wissen und trachtete vom Schoß zu rutschen Er aber hielt sie kosend fest und nötigte ihr die Nuß zwischen die Zähne.

Nach langem Ringen gelang es endlich, da – eine ungeahnte Kühnheit überkam den Sekretär – »Für Kaiser und Vaterland!« schrie er und gab dem Kind ein gewaltiges Kopfstückel. Ein schriller Schrei antwortete ihm, entsetzt rang sich das blutende Kind von ihm los und spuckte schimmerndes Gold, die geweihte Perle und das Elfenbein der Unschuld – in dem Fall vielleicht einer etwas anzuzweifelnden Unschuld – auf den Boden. Gierig stürzte sich Eynhuf auf den Schatz und wollte gerührt das schöne Kind in die Arme schließen. Doch horch, was war das? Ein Getümmel begann, rauhe Männerstimmen wurden vernehmbar, dazwischen das Wimmern der Funzengruber – Trampeln und Poltern, irre Schreie – die Türe ward aufgerissen.

Momentan begriff Eynhuf die Lage. Razzia! Er stürmte durch den finstren Gang, warf einen Polizisten zu Boden und gewann das Freie. Hinter ihm setzte die Scharwache nach. In wilder Flucht jagte er wie ein Hirsch durch die hallenden Gassen; hart verfolgt von den Häschern, erreichte er keuchend das Querulantenhaus und sprang durch das geöffnete Fenster der Frau Laushäubl hinein. Achtete nicht der kreischenden, dreckstarrenden Fetzenfigur, brach durch die Küchentür in den Gang und jagte die Stiege hinauf. Er hatte Vorsprung gewonnen, sperrte sich mit zitternden Händen in seine Wohnung und wankte zum Schreibtisch. Alles verloren! Alles! Sein Entschluß war gefaßt. Hörte draußen schon Dröhnen und Trappeln, faßte die Pistole, aus der er gerne Freudenschüsse abzugeben pflegte zur Verherrlichung des Namensfestes seines Landesherrn oder am Tage Leopoldi, des Provinzpatrones, fand keine Kugel, raffte die Milchzähne mit zitternden Händen alle zusammen und stopfte sie, den blauen Pensionierungsbogen, der schon am Tische gelegen hatte, als Pfropf benützend, in den Lauf. Noch einmal raste das Bild seines Lebens an seinem geistigen Auge vorüber:

Das froschgrüne Knäblein, Schönbrunn, Ursula, die verkalkte Nymphe im Andachtsgärtlein der Keuschheit, die düstren Zwergs, die üppige Sängerin, Goldborten und Ordenssterne – dann ein donnernder Knall ... Nieder sank er, blutüberströmt.

Noch einmal suchte sein brechendes Auge das Bild des gütigen Landesherrn über dem Schreibtisch, noch einmal wollten seine Lippen ein Wort hervorringen, da hörte er, wie fern und doch von nahe, Chöre ertönten ... Die Volkshymne schien es ihm, verflochten mit der Spenadelarie ... Seufzend schloß er die Lider.

So endete das hoffnungsvolle Leben eines correcten Beamten, Fußwaschungspfeifers und wirren Amanten.

PARALIPOMENA

10. 3. 1919

UNZEITIGS SOMMERFRISCHE

Jaromir (Eynhuf) Unzeitig aus Olmütz. Seine Mutter, eine geborene Nachtweh. Diesen Sommer war er bloß in der bescheidenen Sommerfrische Muckenhübel gewesen – nicht in den fashionablen Luxusorten Liesing oder Atzgersdorf, wo die mondänen Schönheiten der Weltstadt bereits um siebene in der Früh in seidenen Toiletten unter langen Schleppen promenieren – o nein, behüte. Sogar einen Zwetschgentanz habe er dort im heißen, staubigen Föhrenwald durch eine Dame in stahlblauem Ballkleid mit – allerdings – heruntergetretenen Volants ausüben sehen, und alle waren so froh, wenn eine von die Zwetschgen zertreten wurde, weil dadurch etwas labende Kühlung gekommen ist. Zwei Pintsche haben darüber gelechzt. Vor der rothen Scheibe der durch den Staub untergehenden Sonne habe er dann gestanden und ihr von Liebe und Poesie gesprochen.

»O sehen hin, bitte, Dame! hin, bitte, zum Himmelsgestirn. Nein, bitte, sieht jenes nicht aus wie eine Scheibe Extrawurst? No, bitte, betrachten mich? Denken, bitte, ich sei Apollon, und wenn ich dieser wäre, würde ich mich schon sanft – pomali – in eine zerschnittene Wecke legen und mich Ihren – Perlenzahnderln – als Jausenbrot servieren lassen – o, über die wonnigen Qualen!« Dabei wippte er stolpernd mit beiden Beinen. Ein kleines, rachitisches, staubgeborenes Wesen bot schmierige mit Grashalmen gebundene, starkverschwitzte Blumen an.

»O, derf ich –«, nestelte aus seiner schuhledernen Börse mit den Messingbügeln einen Kreuzer, der aussah, als habe man ihn bei der Leiche eines Mistbauern gefunden – »O, derf ich Ihnen jene Kinder Floras an die Büste heften? O, derf ich?«

Leutnant Břkovec, der bislang beharrlich geschwiegen hatte, öffnete einmal tonlos den unförmigen Mund. Dann sprach er mit beleidigter Miene die inhaltschweren Worte:

»Auch ich bin ein Liebling der Blumen.« Warf den Kopf in den Nacken, legte kunstvoll die Lider halb auf die eingesunkenen, kaum vorhandenen Augen und stolzierte weiter.

Fräulein Cilli staunte.

»No, nämlich«, erklärte Unzeitig, während er das umfangreiche, bakterienschwangere Portemonnaie zu verstauen trachtete, »no, nämlich, daß er Blumen liebt, meint er.«

* * *

Jänner 1952

Schaun Sie – mein ganzes Sinnen und Trachten ist nur darauf gerichtet: Wie kann ich meinem gütigen Kaiser irgendwie eine kleine Freude machen?

Und da will es ein freundlicher Zufall, daß ich eines Tages beim Luftschöpfen nach den Amtsstunden in der Vorstadt Erdberg – wo bekanntlich Seine Majestät König Richard Löwenherz gefangen genommen wurde – lustwandelte, um mich historischen Phantasien hinzugeben. Auch die Venezianische Patrizierin Aria della Scala hatte dort seinerzeit einen prächtigen Palast erbaut. Sie schenkte nach ihrem Tod den Augustinermönchen den herrlichen Besitz. Diese aber verkauften einem Wiener Patrizier einen

Teil ihres Besitzes. Der erbaute um 1802 dort ein Haus, das an seinen Erben kam, der sich unglückseligerweise Sauheitel schreibt! Man denke, wenn das Seine Majestät erfährt – oder gar seine hohe Gemahlin! Daß es in der Residenz ein Sauheitelhaus gibt!

Um den Rechtsweg einzuhalten, machte ich eine anonyme Anzeige an mich selbst – korrekt muß der Beamte sein –, in der auf diesen skandalösen Zustand hingewiesen und sofortige Abhilfe seitens eines ungenannten Patrioten gefordert wird.

Tags darauf ging ich in Frack und Zweispitz zum Besitzer des Hauses, um ihm ernst ins Gewissen zu reden. Aber, was mußte ich erleben!

Seine drei Söhne – berüchtigte Erzraufer!! –, deren Freude darin bestand, jeden Sonntag alle Besucher des nahe gelegenen Wirtshauses hinauszuwerfen, achteten des kaiserlichen Rockes und meines Goldkragens nicht und insultierten mich direkt … rotunterlaufenen Auges … Ballten die Faust und vermaßen sich, mir die Worte zuzurufen: »Riach an dem Boan …« Ich schwieg lieber, da auch nun – ich litt gerne für meinen Kaiser – ihre sieben Freunde auftauchten – die sogenannten »Stummelbuben«. –

* * *

Die Schosulan spricht über Meytens.

»Wann mer schon vom Meytens reden. War a krumphaxetes Mannderl und als a ganzer a bisserl schelch. Und ›gift‹ hat er sich, weil die Madeln ihn so gar nit regardiert haben. Nit amal die böhmischen Kuchelmenscher – und die sein ja die, wo am leichtesten …«

Die Alte schnupfte knarrend und schwieg dann, dumpf vor sich hinbrütend:

»Auch an Tabak«, tadelte sie, »schmeckt nach zerriebene Maikäfer. Nächstens geben s' krepierte Baumwanzen drunter!« Sie blickte bitterböse herum und erzählte murrend weiter: »Da hat der hochselige Prinz Eugen im Meytens zu einer neichen Paruquen verhelfen wolln, weil bei der alten z'viel Roßhaar dazu rebariert worden is …« Sie nickte ein. Jäh wachte sie auf und ergänzte ihr voriges Gespräch: »Grausliges Roßhaar. Voller Läus. 's war vom Schinder … wie er's am Mist g'funden hat.« Böse schaute sie auf die Schnupftabaksdose aus Einhorn. »Zertretene Baumwanzen …« Dann überfiel wieder sanfter Schlummer die alte Dame.

Das war so ein Nachmittag bei der Schosulan.

* * *

»Jetz is auch noch die Gemeinde Siebenhirten wegen einer zweiten Teifelsmiehle am Wienerberg bittlich geworden. Aber, wir geben ka zweite Konzession mehr, ka zweite Konzession mehr!« Fuchsteufelswild hieb er auf den Schreibtisch, die ganze Beamtenbosheit.

Der Hofrat, der unhörbar ins Zimmer getreten war, schrak bei dem von Staub gefolgten Krach zusammen.

»Was ham S' denn, Herr Vicesekretär?«

»No – die Siebenhirtner! Noch a Teifelsmiehle wolln s' …«

Der Hofrat hob abwehrend die Hand. »Wo schon die erschte Miehle jedem Gutgesinnten ein Dorn im Aug is.«

»Aber, auch in Tyrol riert sich's!« Der Hofrat erbebte und verlor die Brille. Servil hob sie Eynhuf auf. »Ja. Da …«, er hob einen Akt aus dem Stapel, »die Gemeinde … Inner … pf … pf … flersch wird bittlich wegen Anlage eines zweiten Tribulauns!«

»Ein Tribu-nal. Das sind ja Jakobiner!«

* * *

»Sie sollen sich so indigniert geäußert haben, ich hätte Ihnen nahegelegt, als Eiertänzer ...«

»Ja, allerdings! Ich wiederhole: das stünde einem staatlichen Funktionär übel an! Man würde es höheren Ortes mit vollem Recht als leichtfertig rügen, als einen ungebierlichen Unfug selbst bei Auscultanten, oder im Hilfämterdienste.«

»No, no, no!« beruhigte ihn Großkopf. »Sprechen Sie nicht gar so wegwerfend von Eiertanz! Wie wurde doch der bei den alten deutschen Kaisern bei Hof gepflegt! Ich besitze da ein altes Blatt: Frideruns und Wunibalds Eiertanz vor dem Rotbart! Sie! Sie! Sie! Ich bin gar nicht einmal so sicher, ob nicht der Kaiser ...«

»Seine Majestät der Kaiser«, verbesserte streng mit stechendem Blick der steif gewordene Sekretär.

»Ja. Ob nicht Seine Majestät der Kaiser, auch Hungarischer und Böhmischer König, eine Riesenfreude haben würde, wenn Sie – unter Berufung auf inzwischen im Hof- & Staatsarchiv sorgfältig erhobene Exzerpte allerdings – die erwähnte, inzwischen leider! obsolet gewordene Hofsitte, bei besonders festlichen Anlässen Eiertänze aufzuführen, bzw. zu exekutieren, neu beleben würden! Und Sie sind, scheint mir, der Berufenste! Schaun S' Ihre zierlichen Fußerln! In ungarischen Tschinnen mit schwarz gelben Quasten müßten Sie Ihre Pas machen! So – schwebend – die Fußspitzerln schön vorgestreckt – Bimmbimm – bummbumm – widibumm! und bei ›Widibumm‹ an das Schwert schlagen.

Ein Fiedler auf jeder Seite und nach jedem siebenten Pas eine leichte Verbeugung gegen die Majestät! Und stellen S' Ihnen das Schlußbild vor! Mit geschwungenem Säbel – denn Sie müßten dabei einen tragen – dem allerhöchsten Hof dreimal salutierend.

Neider würden S' allerdings viele haben, besonders in

ungarischer Uniform! Da wär einmal der alte Gentz. Dem wäre so was nie eingefallen! Nicht einmal dem Staatskanzler: Ja, wie gesagt, die Fußerln! Tschinnen sollten S' immer tragen! Sogar zum Winterüberzieher.

Wer hat Ihnen übrigens [ein Wort unleserlich] gemacht?«

»Pst«, machte Einhuf und sah sich ängstlich um. –

»So, der Netschek! Das sieht man! So – drehen S' Ihnen um – jeder Zoll ein Netschek.«

* * *

Bei dieser Gelegenheit fand er einmal eine Dose mit der Aufschrift: Bibergeil. Hm. Wohl eine Droge, von der er übrigens schon gehört hatte. Seine Wißbegierde war erregt und, gründlich wie er war, begab er sich – um Respekt zu erregen im Hofsekretärsfrack und goldbeborteten Zweispitz – in die Kaiserliche Hofapotheke, wo er Auskunft über »Bibergeil« verlangte. Es sei ein bekanntes Aphrodisiakum, erfuhr er. Aber heutzutage schon recht selten im Handel; wohingegen das früher so gerne genommene Moos von den Totenschädeln Gehängter (das demselben Zweck diente) so gut wie abgekommen wäre und in der allerneuesten Arzneimittelkunst so gut wie vergessen war.

Ob Bibergeil wirksam wäre?

»Doch!« bedeutete man ihm, vorausgesetzt, daß die Droge echt sei. Allerdings würde sie meistens verfälscht. Auf die stumme, ernste Frage des korrekten Eynhuf vernahm er, der mit hochgezogenen Augenbrauen dastand, das kaum vernehmliche Flüsterwort: »Mit was?«

»Mit: verschimmeltem Hunde … dreck.«

Dem Hofsekretär gab's einen Stich. Er zog das gefundene Päckchen aus der Tasche und bat, den Inhalt zu untersuchen.

Er wolle lieber seinen Chef urteilen lassen. Der habe ein sehr feines Geschmacksempfinden. Damit verschwand er in einem Laboratorium.

Nach geraumer Zeit kam der ältere Kollege, noch immer etwas mümmelnd, heraus. Zuerst sei er lange im Zweifel gewesen, berichtete der getreue Pharmazeut, es gebe täuschende Fälschungen aus dem vom jüngeren Kollegen angedeuteten Gebiet. Und man müsse da schon viel, viel, praktische Erfahrung haben! Ja! beteuerte er mit zitternd erhobenem Finger. Der Herr Hofsekretär könne die Droge getrost benützen … ja, getrost benützen. Aber, er bitte, den Gebrauch nicht zu übertreiben. Der Heilige Stuhl verdamme zwar alle Aphrodisiaka. Aber, in den Händen eines so hohen Beamten … mit Federhut … Goldborten an den Hosenbeinen …

Unser wackerer Eynhuf hörte kaum.

Bei Depressionszuständen überarbeiteter Beamter sei Bibergeil unbedingt zu empfehlen … bei nicht geistig Arbeitenden, mehr gewöhnlichen Leuten, könne es, ja, leider! Leidenschaften erwecken … manche Familientragödie habe schon auf Bibergeil gefußt … mit Bibergeil habe es angefangen und sei bei den Kanthariden geendet … (Eynhuf glotzte fragend) …

»Käfern, die – wie soll ich mich ausdrücken? … das 6. Gebot untergraben … ja, leider …«

»Und das duldet der Heilige Stuhl?« von Eynhufs Stirne runzelte sich. »Und es wird nicht ein Kreuzzug gegen diese Käfer ausgeschrieben? Das möcht ich sehen, ob da nichts zu machen ist!«

Der Pharmazeut zuckte bedauernd die Achseln, und unser Held beschloß, seine ohnehin nachgerade lichtscheue Geschäftstätigkeit mit dem Vertrieb der nicht ganz einwandfreien Droge zu erweitern. Natürlich das Auge mit einer schwarzen Brille beschattet.

Und: »Kauft Bibergeil, kauft Bibergeil«, röhrte alsbald unser liebeskranker Held, die ernste Männerstimme von leichtem Jammer gefärbt. Immer waren seine Blicke hinauf zu den Fenstern gerichtet – besonders natürlich zur Beletage des Höllteufelhauses.

Da kam es denn öfter vor, daß irgendein zierliches Dienstmägdelein in Kopftüchlein oder mit Regensburger Goldhaube aus einem Haustor zu unsrem distinguierten Hausierer im Dienst der Venus schlüpfte und niedergeschlagenen Auges die gewisse Droge einhandelte und rasch im Busen verbarg.

Bald aber begann die Frage nach dieser Droge abzuflauen, und unser Held fing an zu röhren: »Kauft Operment!! Kauft Operment!!« Diese neue, auch reichlich obskure Droge hatte ihm ein gewisser Natanael Drehwurm aufgeschwatzt, Inhaber einer geheimen Teufelsdrecksiederei, die er in einem düstren Hof eines verwitterten Gebäudes am alten Fleischmarkt betrieb.

Fromme alte Juden benützten dieses Präparat zur Bartpflege, da ihnen durch die »Gemorrhe«* das normale Rasieren, genauso wie die Benützung von Messern, Kanonen, Flugzeugen oder dergleichen verboten war.
Zur Ehre des biedren Eynhuf müssen wir übrigens ausdrücklich feststellen, daß er nichts vom Drehwurmischen Betrieb wußte, von der geheimen Erzeugung von Asa foetida.

Gleich am ersten Tag des Opermenthandels passierte ihm folgendes kleine Abenteuer. In dem Blumenstockgäßchen war es. Ein uraltes Haus war mit einer roten Marmortafel geschmückt, auf der in gotischer Fraktur eingemeißelt war:

Bürgerl. Tischlerherberge 1774

---

* Die Gemorrhe ist ein sehr sonderbares Buch, in dem alles steht, was es in der Welt gibt. Es enthält sogar die immer verdruckten Telefonbücher Italiens, ja sogar Fahrpläne von noch gar nicht gegründeten Zukunftsstaaten.

Grade als unser Sekretär recht kläglich sein: »Kauft Operment« gewimmert hatte, öffnete sich klirrend ein Fenster im vierten Stock.

»Er möge warten!« quäkte eine heisere Stimme herunter. Dann erschien ein hageres Männchen in gelblichem Kamisol, einen dreckigen Schreibärmel übergezogen, aus dem eine dürre, staubfarbene Hand zitternd herausragte. Scheu sah sich der weltfremd aussehende Alte um, reichte unsrem erfreut blickenden Sekretär ein 34-Kreuzer-Stück, ergriff gierig das Opermentpäckehen und klapperte die enge Wendeltreppe hinauf.

Unsrem Jaromir kam die ganze Sache plötzlich bedenklich vor. Was mochte das dürre Männlein, das ihm irgendwie verdächtig erschien, mit dem Operment machen? »Jaromir«, flüsterte ihm die innere Stimme zu. »Geh vorsichtshalber auf die Polizei und melde dort deine Bedenken! Laß den scheuen Greis vorsichtshalber überwachen! So hast du dein Geschäft gemacht und dazu noch eine Aussicht auf ein Lob der Behörde gewonnen! Zögere nicht!«

Und unser gewissenhafter Sekretär begab sich auf den Petersplatz, wo die Häscher amtierten.

* * *

September 1952

Eine düstere Persönlichkeit erschien, nahm ein Pechpflaster von einem Auge herab (er hatte gerade einen Dienstgang gemacht) und verflocht Eynhufen in ein Verhör.

Dem war das nicht recht angenehm, und er bereute lebhaft, nicht den Weg der anonymen Denuntiation betreten zu haben. Vor allzu intimer Befragung schützte ihn sicherlich die Goldborte am Hosenbein!

Das Männlein im fahlgelben Kamisol hatte allerdings nichts zu lachen! Da erschien eines Tages bei ihm (der das

Operment lediglich zur Vertilgung von Milben für eine Schmetterlingssammlung erstanden hatte) ein peitschentragender Fuhrmann und fragte ihn, wo es da nach Kledering ginge? Am Tag darauf klopfte ein Kellner an, der – eine verdeckte Schüssel in der Hand – fragte, ob hier ein Backhuhn bestellt sei? (stechenden Blickes). Dabei fiel das Backhuhn krachend auf den Boden und rollte weiter. Es war aus Holz, eine Atrappe …

Was dem bedauernswerten Schmetterlingsgreis noch alles an wahrhaft teuflischen Kniffen von Seite der Gerechtigkeit zugestoßen ist, ist uns leider unbekannt.

Aber der würdige Jaromir von Eynhuf beschloß, dem Opermentvertrieb zu entsagen und einen neuen lukrativen Artikel in sein Repertoire aufzunehmen.

In neuer Verkleidung sprach er in einem finstren Hof eines uralten Hauses am »alten Fleischmarkt« bei einem sichren Herrn Hosias Federbusch vor, der einen wunderlichen Betrieb hatte. Er lebte – und gar nicht schlecht – von einer geheimen Teufelsdrecksiederei.*

Ob diese Droge mit dem unheimlichen Namen etwa bei magischen (behüte!!) Operationen nötig wäre, befragte von Eynhuf seinen Gewissensrat, Pater Eusebius Ohrwurmb Wornačka von den Barnabiten. Doch der beruhigte den um sein Seelenheil bangenden, aber geldgierigen Beamten. Nein, nein, er könne beruhigt sein! Der sogenannte Teufelsdreck werde im Gegenteil zur Buße, zur freiwilligen Selbstbestrafung allzu weltlichen Begehrens in opferfreudiger Weise eingenommen! Überdies diene er als Zusatz für Trauersiegellack, besonders zu Zeiten der Hoftrauer und zum Petschieren von Todesurteilen.

* * *

---

* Teufelsdreck: Asa foetida.

Ja, bisweilen vertraute er sich gar einem Fliegenschiß an – das waren die billigsten Fuhrwerke, die vor den Toren der Residenz warteten –, auf dem er der Geliebten nachschwebte. Dies aber in der Regel bloß einmal in der Woche, da sich der in Geldsachen sehr genaue Eynhuf wenig gönnte.

Schon an seinem Gabelfrühstück konnte man das unschwer merken. Verstohlen knabberte er – scheu herumblickend – an einer Fußsohle. So nannte man damals das billigste Gebäck – länglich und flach und von mißfarbener Bleichheit. Hökerinnen hielten diesen kulinarischen Abhub in den dunklen Stadttoren feil, ein Genuß, der von einer späteren Zeit naserümpfend abgelehnt wurde. Gar so eine Fußsohle mit einem daraufgeschmierten Quargel war direkt verpönt.

* * *

Ab und zu (manchmal) reichte das Geld bloß zu einem Fliegenschiß, den er verstohlen bestieg und davonstob.

Diese »Fliegenschisse« waren ungemein kommod. Leider sind sie später völlig verschollen – so um 1860 –, nachdem sich auch die Sportsleute verlaufen hatten, die alljährlich die atemraubenden »Fliegenschißrennen« in der Freudenau veranstaltet hatten. Da waren Fliegenschisse von weither gekommen, blau, rot oder gar canariengelb lackierte. (Die grasgrünen Fliegenschisse aber waren die beliebtesten.)

An ihre Stelle traten dann die »Comfortables«, die übers Meer – aus England nämlich – nach Wien geschwommen kamen. Die »Hansoms« (wo der Kutscher bekanntlich hinten hoch oben saß) konnten sich in der Residenz leider nicht einbürgern, weil die Gassenbuben unentwegt mit Glaser-Kittpatzen aus Blasrohren auf die Rosselenker schossen, was wie das Amen im Gebet wurde.

Die Volksseele war nun einmal ungewohnten Neuerungen abhold, und man konnte auch von ernsten Männern die sonderbare Erklärung hören: »Was haben aber auch die Kutscher sich patzig zu machen? Ihnen wird auch keine Perle aus der Krone fallen, wenn s' bescheiden hinter dem Fahrgast sitzen – a bissel niederer als er, der es doch zahlt.«

Die »Hansomfrage« ward die Ursache nimmer endender Streitigkeiten, ja, eine rauschende Quelle unzähliger Watschen. Und welche Frau wollte einen »geflaschneten« Ehemann haben und am Sonntag mit ihm ausgehen?

* * *

DIE FLIEGENSCHISSTRAGÖDIE

»Ei?« wird sich mancher Leser fragen, »was ist denn das wohl?« Ach, wie bescheiden waren doch unsre Altwiener Vorfahren! Was für eine direkt kindliche Freude konnten diese guten Leutchen an einem Fliegenschiß haben! Wenig hatte gefehlt und Meister Schubert hätte ein Lied gesungen: »Dort wo die ersten Fliegenschisse sind.« Oder Johann Strauß (der Ältere) hätte uns einen flotten Fliegenschiß-Walzer beschert.

»Ei«, wird sicher ein Fachmann sagen, »diese Meister hätten bestimmt nicht musikalische Fäkalorgien gefeiert. Das hätten sie den Jüngern einer modernen atonalen Musik, die es damals noch gar nicht gab, übriggelassen« –

Was für ein beklagenswerter Irrtum!

Da mangelt eben das Verständnis für das Wesen des Fliegenschisses!

* * *

Hofrat Sauerpfister verließ die stille Klause und trug den übergroßen Abortschlüssel vor sich hin.

Bitterböse blickte er auf unsren Hofsekretär, der, einen Finger in den »Nossek« eingeklammert, sich zum beginnenden Gespräch die Lippen leckend, geduldig die halbe Stunde auf seinen Vorgesetzten gelauert hatte.

»Alsdann, Herr Hofrat«, begann mit einem verzerrten, heiter sein sollenden Lächeln der in allen Sätteln gerechte Hofbeamte, »alsdann, den neuesten Witz, der in der Residenz die Runde macht! Es ist ein Rätsel: Was ist das? Zweibein saß auf Dreibein und aß Einbein. Da kam Vierbein und …«

»Bitte, lassen Sie mich in Ruhe«, knurrte der ohne greifbares Resultat gebliebene alte Hämorrhoidarier. »Begeben Sie sich lieber zum Schreibtisch. Was suchen Sie da am Korridor? Oder wollen Sie frühstücken?«

Mißmutig deutete Sauerpfister auf den Papierpacken in Eynhufs Hand, ein Frühstücksbrot, das bekannte Beamtenfrühstück: »Fußsohlen mit Quargeln« darin vermutend.

Eynhuf ging mit langer Nase gekränkt ab. »Wie soll man da avanzieren und dem guten Kaiser besser dienen? Also, mit dem humorlosen, verstopften und schwerhörigen Sauerpfister war es einmal nichts. Was geh ich auch zum Schmiedel? Da geh ich doch lieber gleich zum Schmied, zu Seiner Exzellenz dem Herrn Staatskanzler Metternich! Aber wie hinkommen? Denn bei einer Audienz kann ich doch nicht gleich mit ›Nossek, der englische Spaßvogel‹ losgehen.« Bekümmert schlich er zum Schreibtisch und starrte zum Fenster hinaus.

Da – ein plötzlicher Sonnenstrahl, der just die ärarische Hasenpfote vergoldete. Eine brillante Idee war mitgekommen! »Josef Arimatia! Du bist ein Glückspilz! Wozu bist du ein schöner Mann? Mach die Portierstochter der Villa

Metternich zu deiner Geliebten! Glaubst du, die kann dir widerstehen? Na also. Sie schwindelt dich in aller Herrgottsfrühe in den Park. Versteckst dich in einem Boskett! Hinter dem sterbenden Fechter, Amor und Psyche oder so was dergleichen!«

Der Staatskanzler spaziert jeden Morgen im Park herum und trinkt sein Karlsbader Wasser – das pfeifen doch die Spatzen von den Dächern – du brichst hervor – den ›englischen Spaßvogel‹ in der Hand, und ehe der verblüffte hohe Herr noch zu Fragen kommt, krümmt!! er sich vor Lachen und stöhnt: ›bitte, bitte aufhören! Ich – Puhuhu! – kann nicht weiter! Also, Sie sind der junge von Eynhuf – ich weiß, einer unserer hoffnungsvollsten Beamten – Kommen S', warten S'. Heut haben wir Dienstag … Kommen S' morgen zur Jausen zu uns … bitte keine Absage – die Fürstin wird sich freuen! Aber jetzt werden S' ins Amt müssen … Pah!‹ Himmel! Wem sagt er schon: Paa!)«

Dann wird der Mittwoch kommen.

Er beim Staatskanzler! Der hohe Herr am Schreibtisch, auf dem eine leeräugige Marmorbüste des Kaisers thront. Vor Devotion würde unser Held eingefallene Wangen bekommen.

Ihre Durchlaucht, die Fürstin, würde für einen Moment das herrlich frisierte Haupt zur Türe hineinstecken. »Caroline Amalia«, würde der Fürst sagen, »schau ein bisserl auf den Herrn Hofsekretär! Ich muß eine Depesche entgegennehmen … Aber, tiefstes Schweigen! Schau, daß er was zum Papperln hat!« Damit würde der hohe Herr abgehen. Ein Lakai mit silberner Platte würde erscheinen.

»Herr Hofsekretär, sind serviert!« würde die hohe Frau sagen. »… Die besten spanischen Winde zu machen, versteht unser Patissier! Versuchen doch die Herzogsgolatschen! Gelt, die munden? Speziell für die böhmischen Standesherrn sind die bestimmt! Und da: die Schnepfendreckkanapées! Hat der Fürst selbst geschossen!«

Da würde aber der fürstliche Hausherr wieder eintreten. Einige verwirrte Dankesworte würde der beneidenswerte Gast stammeln – den Blick stier und glanzlos, würde er sich vor der jetzt abgehenden hohen Dame verneigen und ein Kompliment scharren.

Lächelnd würde der hohe Gastgeber an ihn herantreten. Seine Stirne würde sich entrunzeln. Nach einer langen Prise – bff, ph … würde er seitwärts schweifenden Blickes sagen: »Ja … hm … bff, ph … bschii! Das haben Sie zur Zufriedenheit gemacht, das mit dem falschen Tanzbären. Man ist auf Sie aufmerksam geworden … Man hat Ihnen schon vorher – um Sie zu prüfen, eine schwere, höchst vertrauliche Aufgabe zugeschoben … die Geschichte mit der Konzessionierung der zweiten Teufelsmühle am Wienerberg!«

»Teufelsdreckmühle! bloß Teufelsdreck – asa foetida – Verzeihen! Durchlaucht irren bloß!«

* * *

Ihre Durchlaucht, die Fürstin, würde für einen Moment das herrlich frisierte Haupt zur Türe hereinstecken.

»Caroline Amalia«, würde der Fürst sagen, »Schau ein bisserl auf 'n Herrn Hofsekretär! Ich muß eine … Depesche … entgegen … nehmen. Aber, tiefstes Schweigen, meine Herren! Schau, daß er was zum Papperln hat!«

»Herr Hofsekretär, sind serviert«, würde die hohe Frau sagen. »Die besten spanischen Winde zu machen, versteht unser Patissier. Haben zugesprochen? Haben die Herzogsgolatschen gemundet? Immer wenn böhmischer Standesherrnabend ist!!«

Da war aber der fürstliche Hausherr wieder eingetreten. Einige verwirrte Dankesworte stammelnd – sein Blick war stier und glanzlos wie noch nie, verneigte sich unser steifer Sekretär vor der hohen Dame, die fächelnd abrauschte.

Noch nie sah er einer Friseurpagode, bzw. einer bei einem Erdbeben im Einstürzen befindlichen, so ähnlich wie jetzt.

Lächelnd trat der hohe Gastgeber an ihn heran. Seine Stirne entrunzelte sich. Nach einer langen Prise – bff – ph … bschie – sagte er seitwärts schweifenden Blickes: »Ja … hm … bfl; ph. Das haben Sie zur Zufriedenheit gemacht … bschie. Man ist auf Sie aufmerksam geworden. Man hat Ihnen – um Sie zu prüfen – eine schwere, sehr vertrauliche Aufgabe zugeschoben … Die Geschichte mit der Konzessionierung der zweiten Teufelsdreckmü …«

»Verzeihn! Durchlaucht irren: bloß Teufelsmühle am Wienerberg.« (Er hatte die Sache voll Ekel verzögert).

»Ja – Sie haben – trotzdem Sie als eifriger, wenn auch subalterner … Beamter … registriert sind … in wirklich diplomatischer Weise diese – ich gestehe: in einem katholischen Staat nicht gerne gesehene Sache dilatorisch behandelt … verzögert …

Andrerseits müssen wir – das Merkantilsystem fördernd – die aufblühende Mühlenindustrie fördern – chm; pph … bschi … ii.« Das Mouchoir trat in Aktion – von Eynhuf glotzte andächtig und schluckte.

»Schaun Sie, lieber von Eynhuf, – wir werden aber nicht umhin können, zu konzessionieren. Es steckt hohes Geld dahinter. – Der Graf Hamilton … Seine Exzellenz, ja, der Botschafter in Neapel. Schon vor Jahren begann es. Er trat an uns heran …« (der Staatsminister flüsterte) »… als Abfertigung für … Lady … Hamil … bschbschm! die großbritannische Regierung trat an uns heran. Später aber [der Text bricht ab].

Eynhuf ließ seine Phantasie spielen: Also, es sei ihm das langersehnte Glück zuteil geworden, zum Staatskanzler eingeladen zu werden – seiner wirklich seltenen Erfolge wegen, die die allerhöchste Aufmerksamkeit auf ihn gelenkt haben! Mit welcher Delikatesse, mehr! mit welcher Genialität war ihm die Lösung des Falles gelungen, der sich bei Treu & Nuglisch – der Hofparfumeriehandlung in der Stallburgstraße zugetragen hatte – ein Fall – so einzig dastehend – so delikat, daß man ihn der Polizei weggenommen hatte und als Talentprobe unsrem jungen Hofsekretär ganz außertourlich übertragen hatte! Da war Graf Sedlnitzky – Österreichs genialster Polizeichef, ein wenig vermummt (wie immer), in Eynhufs Büro und zwar, als es schon dämmerte, eingetreten, um ihm den Fall zu erläutern.

»Jetzt zeigen S', was S' können!« waren die letzten Worte des Gewaltigen. Kurz gefaßt war die Sache die: Im vergangenen Fasching begab sich ein (natürlich falscher!) Tanzbär, der in der Nähe der Hofburg herumschlich und ein Tamburin unter der Pranke trug, in das Geschäft von Treu & Nuglisch, wo alles in Ohnmacht fiel, wohl um Honig zu mausen. Als er keinen fand, soff er einige Flaschen Parfum aus und tanzte angeheitert durch die Straßen.

Geheimpolizisten nahmen ihn fest, und da sie bemerkten, daß die wilde Bestie Lackschuhe unter den Tatzen anhatte, erkannten sie bald, es mit einem etwas exzentrischen Kavalier zu tun zu haben. Er wurde schonend angehalten und zur Hauptpolizei gebracht, wo ihn mehrere Hofräte verhörten.

Aber der Bär brummte nur, brummte und brummte tagelang. In dieser Not wendete man sich an Eynhuf, der den Rat erteilte, einen siebenbürgischen Dolmetscher zu Rate zu ziehen, da Tanzbären bloß noch in Siebenbürgen zu finden seien!

Zum allgemeinen Erstaunen rief da ganz unerwartet der Tanzbär: »Ihr seids alle zusammen Trotteln! Es gibt ja gar keine Siebenbürgische Sprache! Und ich bin der Graf Festetisch Imre und hab mir nur einen kleinen Spaß gemacht!« So war das Rätsel in delikatester Weise gelöst, und alles bewunderte unseren Hofsekretär.

* * *

Aber, Pech wie er hatte! Aus der, ohnedies reichlich irrationalen, Einladung würde einmal auf lange, lange Sicht nichts werden. Der allmächtige Staatskanzler und ganz besonders seine hohe Gemahlin waren durch einen schändlichen, zutiefst miserablen Streich so verärgert worden, daß die Fürstin, gerade als die Saison beginnen sollte, die Residenz fluchtartig verließ. (Man schrieb just 1822).

Da hatte irgendeine ruchlose Hand mit einer Fürstenkrone in Gold verzierte Billetts drucken lassen – eine Balleinladung – mit »surprise«! bezeichnet, ins Metternichsche Palais. Von einer Zu- oder Absage wolle man »unter allen Umständen« absehen. Wozu viele Worte! Ein paar Tage später, als das hohe Paar bereits im Negligé war, fuhr eine hochadelige Equipage nach der anderen beim Palais vor, und eine Flut prachtvollster Masken strömte in die jeder Vorbereitung baren Hallen. Als aber am Morgen darauf auch noch einhundert Hühneraugenoperateure unter Vorweis persönlicher, streng diskreter schriftlicher Aufforderung Schlag neun Uhr ins Palais dringen wollten und, nicht vorgelassen, wie eine Wolke ums Palais wimmelten, da war es zuviel.

* * *

Es klopfte bei Eynhuf. Florian Parndorfer trat ein, der eine Makulaturpapier-Bude unterhalb St. Ulrich innehatte. Er trug einen dicken Packen unterm Arm.

»Heut hab ich was«, begann er.

Mechanisch langte der Sekretär einen dicken Klebeband heraus. Gleich die erste Seite, die er aufschlug, beherbergte ein Blatt von Albrecht Dürer, so selten, daß er sich nicht erinnerte, es jemals gesehen zu haben: Die Hypokrisie von 1518, dann kam eine wundervolle Serie früher Florentiner Kupferstiche, Arbeiten irgendeines Goldschmiedes der Zeit, in der der sinkenden Gotik ein Frührot der Renaissance entgegenleuchtete, Blätter voll herber Schönheit, juwelenhaft schimmernd in Gold und Farben, bizarre Pergamentminiaturen mit Mischfarben getuscht gab's da, der Meister, genannt Babylone, schilderte Kämpfe zwischen Kentauern und Einhörnern in Wäldern, deren heraldisch behandeltes Blätterwerk metallisch schimmerte. Martin Treu schilderte Kriegsgreuel, gespickte Säuglinge mit schreiend verzerrten Mäulchen und grinsende Pestleichen mit verfaulten Federbaretten, an dürre Bäume gefesselt.

»Da greifen S' zu, sonst nimm ich's«, flüsterte ihm Rat Großkopf zu, der unhörbar und unerwartet ins Zimmer getreten war, den üppigen Biberhut in der Hand, ein Meerrohr mit einem Porzellanknopf, auf dem eine nackte Rococodame tänzelte, unterm Arm. Mit müder Geste schob ihm Eynhuf die Kostbarkeiten hin, die Großkopf mit funkelnden Augen betrachtete. Was es koste? Sieben Gulden – unter einem halben Kreuzer könne er das Blatt nicht abgeben, meinte der gewinnsüchtige Papierhändler.

»Da ham S' – sein a Rauher …« Florian Parndorfer empfahl sich mit dem angenehmen Bewußtsein, wieder einmal jemanden fest übers Ohr gehauen zu haben.

Sichtlich befriedigt wandte sich Großkopf – immer noch die Hand auf dem Klebeband – zu Eynhuf und fragte ihn, mit was er ihm dienen könne. Draußen grollte ferner Donner.

* * *

EDITORISCHER BERICHT

Lediglich eine Woche benötigte Fritz von Herzmanovsky-Orlando für die Niederschrift seines ersten Romans »Der Gaulschreck im Rosennetz«. Bis zur ersten Veröffentlichung vergingen mehr als zehn Jahre: 1928 erschien schließlich die »Schnurre aus dem modernden Barock« bei Arthur Wolf in Wien. Es bleib das einzige Werk des Autors, das zu seinen Lebzeiten in den Buchhandel gelangte. Doch die Publikation verlangte ihren Preis: Herzmanovsky-Orlando bezahlte mit – durchaus schmerzhaften – Zugeständnissen an die Vorstellungen seines Verlegers. »Beim ersten Buch muß man sich eben ein bißchen mehr anstrengen«, schrieb Artur Wolf am 23. 3. 1928 an den Autor. Ohne einer Kritik von außen ihre Wichtigkeit für den künstlerischen Arbeitsprozeß absprechen zu wollen, scheinen die Ratschläge, denen sich Herzmanovsky-Orlando gegenübergestellt sah, doch sehr tief in die Substanz seiner schriftstellerischen Arbeit eingegriffen zu haben.

Mag man die ca. 160 Korrekturen an der Interpunktion noch zum guten Teil als gerechtfertigt akzeptieren, so wird das Vorgehen des Verlags in anderen Punkten problematisch: So ist es etwa eine ausgeprägte Eigenart Herzmanovsky-Orlandos, seine Texte sehr stark zu gliedern. Durch die Aufhebung von nicht weniger als 336 Absätzen wurde die vom Autor gewollte Auflockerung des Textes in kleine Einheiten unkenntlich gemacht.

An über 180 Stellen erscheint der Wortbestand des Originals verändert, in fast 300 Fällen wurde in charakteristische Schreibweisen des Autors eingegriffen.

Diese Maßnahmen des Verlags betreffen vor allem ästhetisch-stilistische Besonderheiten (teilweise durchaus auch sprachliche Unebenheiten) des Textes. Ein solches Glätten und Normalisieren mag – damals mehr als heute – allgemein geübt worden sein.

Der Autor dürfte Eingriffe inhaltlicher Art weit schmerzlicher empfunden haben: In der Erstausgabe von 1928 fielen insgesamt nicht weniger als 261 Druckzeilen Streichungen zum Opfer. Teilweise wurden diese vom Verlag vorgenommen, teilweise vom Autor auf Veranlassung des Verlegers. Am 6. 3. 1928 schreibt Herzmanovsky-Orlando an Mia Luckeneder: »Ich war die ganze Zeit über stark angehängt, da ich 24 Illustrationen zum Hofzwerg zu liefern hatte und auch den Text sehr kastriert habe. Alles Anstößige ist draußen. (Keine leichte Arbeit.)« Unter den gestrichenen (und hier wieder eingefügten) Textteilen befinden sich fünf längere Passagen im Umfang zwischen 10 und 69 Druckzeilen.

In etwa zehn Fällen wurden Streichungen durch Neuformulierungen des Autors ersetzt, für die sich in den erhaltenen Handschriften zum Teil keine Vorlage findet. In der Handschriftensammlung der Österreichischen Nationalbibliothek liegt ein von Herzmanovsky-Orlando mit dem Vermerk »unbrauchbares Exemplar« versehener Durchschlag eines Typoskripts, in dem bereits die Verlagskorrekturen eingearbeitet sind. Das Original dieser Abschrift dürfte vom Verlag als unmittelbare Satzvorlage hergestellt worden sein. Es ist anzunehmen, daß die Substitutionen des Autors in diesem verschollenen Verlagsexemplar bzw. in den ebenfalls nicht erhaltenen Druckfahnen vorgenommen worden sind.

Stellt man die eliminierten Textstellen und die 23 kleineren Streichungen zwischen einer und zehn Druckzeilen zusammen, so wird deutlich, daß es vor allem Anspielungen auf reale Persönlichkeiten und auf Institutionen von Kirche, Politik und Kultur waren, die man möglicherweise einem Neuling auf dem Buchmarkt nicht zubilligen wollte. So wurden beispielsweise sieben Passagen gestrichen oder verändert, in denen vorwiegend den Jesuiten am Zeug geflickt wird. Auch durfte ein Schneeschuh nicht Seiner Eminenz dem Erzbischof auf den Kopf fallen. Bei Artur Wolf muß sich dies an seiner Stelle der ohnedies von Herzmanovsky-Orlando so stark strapazierte Kronprinz Ferdinand gefallen lassen. Die umfangreiche Taubendreck-Passage mußte vermutlich deshalb geopfert werden, weil da eine ganze Reihe von Kulturheiligtümern in ungewohnt respektloser Weise behandelt wird. Erasmus von Rotterdam, Abaelard und Heloïse, der heilige Stephan, Rudolf II., der Kölner Dom und – auch hier – der Jesuitenorden als Figuranten in einem Exkurs über die mannigfaltige Verwendbarkeit von Taubendreck, das sollte dem distinguierten Leser nicht zugemutet werden.

Ähnlich skrupulös ging der Verleger bei Formulierungen vor, die gesellschaftlich heikel werden konnten. Die »höchste Aristokratie« mußte der »polnischen« weichen. Der im Original als Händler mit Pariser Artikeln angesprochene französische Botschafter wurde zu »einem Herrn der französischen Gesandtschaft«. Liest man bei Artur Wolf von einem »von skrupelloser Avancierglut erfüllten Herrn«, der einen unvermeidlich gewordenen, heiklen Einbruch in den »Schlüsselaufbewahrungsraum zum Reservataktenzimmer des Hoftrommeldepots« auf sich nahm, so heißt es im Original: »[...] einen in hervorragender Stellung befindlichen Herrn – er war, nur soviel dürfen wir hier sagen – der Stolz und die Hoffnung des czechischen Volkes – [...] der Mann avanzierte wie toll, und ein deutscher Bezirk nach dem andern wurde als Dank von oben dem wackren Volke, das solchen Sohn gebar, geopfert.«

Andere Stellen mögen als kraß oder indezent empfunden worden sein, so etwa das »scheußliche« Bild der vom rohen Volke wie ein boshafter Affe gereizten Zwergtochter Crispine oder die im Original breiter ausgeführte »Jungfernöldämpfung«.

Mit der Streichung von Anspielungen Herzmanovsky-Orlandos auf Personen seines Bekannten- und Freundeskreises schwächte der Verleger ein charakteristisches Ingrediens seiner Prosa ab. Müssen diese doch als Beitrag zu einem dichten Netz wechselseitigen Zitierens im Werk Alfred Kubins, O. A. H. Schmitz', Gustav Meyrinks und Herzmanovsky-Orlandos gesehen werden.

Den solchermaßen gezähmten »Gaulschreck« von 1928 wählte Friedrich Torberg als Vorlage zu seiner Ausgabe von 1957. Der Herausgeber hat damit sämtliche Eingriffe Artur Wolfs gebilligt und zugleich offensichtliche Satzfehler (wie etwa Hemdgehen für Handgehen) übernommen. Auch in der Erstausgabe durch Streichungen entstandene Brüche gingen unkorrigiert in die Neuauflage ein: So bezog sich zum Beispiel Eynhufs Ausruf »[...] das ist ja grauslich [...] mir wird übel« auf Rat Großkopfs Hang zu weiblichen Wasserleichen. Bei Artur Wolf erscheint der zitierte Satz Eynhufs nach der Eliminierung dessen, was ihn ausgelöst hat, als recht beziehungslos.

Bearbeitung und Kürzung seiner Texte durch Dritte empfand Herzmanovsky-Orlando stets als empfindliche Verletzung, wie aus seiner Korrespondenz mit diversen Verlegern hervorgeht. Ja er weigerte sich sogar in einem Falle ganz entschieden, selbst solche Veränderungen vorzunehmen und zog es vor, seinen Text zurückzuziehen. Einzig seinem Freund Alfred Kubin hätte er die nötige Sensibilität zugetraut, in gemeinsamer Bemühung am »Gaulschreck« Veränderungen vorzunehmen (vgl. Brief Herzmanovsky-Orlandos an Kubin vom 2.7.1918).

Im Gegensatz zu Torbergs Versicherung im Nachwort zu seiner Ausgabe hat sich seine Tätigkeit keineswegs »darauf beschränkt, die einzelnen Kapitel mit Überschriften zu versehen und einige offensichtliche Schreib- und Druckfehler des Originals auszumerzen« (vgl. Gesammelte Werke, Band 1, Langen Müller, München 1957). Zwar ist es hier – sieht man von zwei Streichungen im Umfang von je einer Druckzeile ab zu keinen krasseren Kürzungen, Umstellungen oder Neuformulierungen gekommen, doch sind es immerhin weitere 150 Eingriffe, die sich in ihrer Vielzahl auf den Charakter des Geschriebenen auswirken müssen.

In 45 Fällen veränderte Torberg den Wortbestand seiner Vorlage, an 75 Stellen korrigierte er die Schreibweise einzelner Wörter; nicht selten solche, die schon von Artur Wolf einmal verändert worden waren. So wurde zum Beispiel aus dem originalen »gepimpserlt« bei Wolf »gepimserlt« und schließlich bei Torberg »gepinserlt«.

Der Tendenz Artur Wolfs folgend, hob Torberg weitere 15 Absätze auf, fügte aber sechs solche an Stellen ein, wo Herzmanovsky sie nicht vorgesehen hatte. Dazu kommen noch an die 40 Eingriffe in die Interpunktion der Vorlage.

Zählt man schließlich die Fremdkorrekturen in Herzmanovsky-Orlandos Druckvorlage von 1928 und die der Bearbeitung Friedrich Torbergs zusammen (ohne Interpunktionseingriffe und ähnliche »Kleinigkeiten« zu rechnen), ergibt sich eine Bilanz von 800 Abweichungen vom gewollten Text des Autors. Die Mehrzahl davon erscheint heute unmotiviert und kaum verständlich.

Zur Textgestaltung:

»Der Gaulschreck im Rosennetz«, wie er in der hier vorgelegten Fassung der Ausgabe Sämtlicher Werke (Residenz Verlag, Salzburg/Wien 1083) erscheint, beruht auf Herzmanovsky-Orlandos Originaltyposkript, das im Forschungsinstitut »Brenner-Archiv« an der Universität Innsbruck aufbewahrt wird. Das von einer Schreibkraft (wahrscheinlich teilweise nach Diktat) angefertigte Typoskript ist von zwei Personen handschriftlich überarbeitet: Neben den Korrekturen des Autors finden sich solche, die vermutlich im Verlag vorgenommen worden sind. Um einen vom Autor gewollten Text zu gewinnen – und das ist das Ziel der Textgestaltung dieser Ausgabe – bedurfte es einer Tilgung aller Fremdeingriffe: Zuerst mußten die zahlreichen Irrtümer der Schreibkraft richtiggestellt werden. Die beiden Handschriften dienten als Grundlage für diesen Arbeitsgang. Textfehler der Abschreiberin konnten so eindeutig als solche identifiziert und von Variationen des Autors klar unterschieden werden. Das Spektrum dieser Verderbnisse reicht von einfachen Verschreibungen, also Tippfehlern aller Art, bis zur Korrektur einzelner Wörter, die durch ein Mißverstehen der Schreibkraft – teilweise handelt es sich eindeutig um Hörfehler – in den Text eingeflossen sind. Nachdem in einem zweiten Arbeitsgang auch die Eingriffe des Verlags rückgängig gemacht worden waren, befand sich der Text bereits in einem Zustand, der nur noch sparsamste Maßnahmen verlangte, um eine satzfertige Druckvorlage zu gewinnen.

Inkonsequenzen Herzmanovsky-Orlandos in Interpunktion und Orthographie sowie grammatische und sprachliche Eigenheiten wurden beibehalten, sofern sie die Lesbarkeit des Textes nicht beeinträchtigen. Besonders behutsam war die gesprochene Rede zu edieren. Hier wurden auch mutmaßliche Schreibfehler nur dann korrigiert, wenn der Wortklang völlig unverändert bleiben konnte. Neben der Richtigstellung fremdsprachiger Zitate beschränkten sich die Normalisierungen auf eine konsequente Anwendung der s-Schreibung nach Duden – Inkonsequenzen in den Vorlagen sind nachweislich zum guten Teil in Zufälligkeiten wie etwa der Verwendung von Schreibmaschinen mit oder ohne »ß« begründet – und die Einfügung von Kommata, wo dies für Lesbarkeit und

Textverständnis erforderlich schien. Ferner wurde bei Wörtern, die von Herzmanovsky-Orlando unterschiedlich geschrieben werden (Kafé, Kaffe, Café), auf die von ihm am häufigsten gebrauchte Variante vereinheitlicht.

Da sich die Vorliebe Herzmanovsky-Orlandos für bestimmte Schreibweisen im Laufe der Zeit wandelte, wurde zum Beispiel bei den – vielfach Jahrzehnte später entstandenen – Ergänzungen (Paralipomena) die dort dominierende Variante respektiert.

GLOSSAR

Das Glossar ist als Hilfe für Leser gedacht, denen das Wiener Idiom nicht genügend geläufig ist.

akrat	akkurat; genau, pünktlich
anderscht	anders
Aschenmarkt	älterer Name für: Naschmarkt
Bachhendel	Backhuhn
Bärendreck, Bärenzucker	Lakritzen
Baschkill	Bastille
Beischl, Beuschl	Lunge
Buchten	Hefegebäck aus der böhmischen Küche (meist: Buchteln)
Bukawettl	Bukett
dla	Schnalzlaut; Ausdruck des Wohlgefallens
sich eintegeln, sich einweimperln	sich einschmeicheln, sich beliebt machen
ehender	früher
erfrört	erfroren
Fennichel	Fenchel
frischbachen	frisch gebacken
futzeln (Futzler)	etwas klein und unleserlich schreiben

geflaschnet	geohrfeigt
Gfries	pejorativ für Gesicht
Gfrött, Gfrett	Plage, Verlegenheit, schwierige Durchführung einer Sache
Glanzbutten	Zylinder
die goldene Ader	Hämorrhoiden
Goscherl	zärtlich: Mündchen
Göttweih	Göttweig
graupet, graupert	zerzaust, schlecht gekämmtes Haar haben
Greisler, Greislerei	Kleinverkäufer von Lebensmitteln, Gemischtwarenladen
gschbieben	erbrochen
gschupft	verrückt, exzentrisch
guckerschecket	sommersprossig
Häferl, Heferl	Schale, Tasse
Hascherl, Hascher	Ausdruck des Bedauerns für eine arme oder unglückliche Person
Herzbinkerl	Kosewort
heunt	heute
Hofewibasch	Hofequipage
jauken	verjagen, forttreiben
Jucker	das Laufpferd, eine kleine Gattung von Pferden, wie sie die Wiener Fiaker führen
Klebel, Klebeln	Finger
Kletzenbrot	Brot mit eingebackenem gedörrtem Obst, Nüssen etc.
kommod	bequem
alter Kracher	Schimpfwort
krumphaxet	krummbeinig
das Kuchelmensch	Küchenmädchen
Lätitz, Lätitzerl	kleines Vergnügen
Lawur	Lavoir; Waschschüssel
Lebzelt	Lebkuchen
Maschkerad	Maskerade
Mistbauer	Müllabfuhr

's Neichste	das Neueste
nie ninderscht net	niemals und nirgendwo
pa de däh	Pas de deux
papperln	essen
Paperl	Papagei
Paradeiser	Tomate
Paruquen	Perücke
patschkierlich	possierlich; lieb, nett
sich patzig machen	protzig auftreten
Petersdorf	Perchtoldsdorf bei Wien
petschieren	mit einem Petschaft siegeln
Pfaidlerei	Hemdenmacher, Wäschehandlung
pimpserln	pinseln
Pintsch	Gattung von Hunden; Pinscher
Pirutschaderl	vermutlich abgeleitet von Parutsch: offene Kalesche; Ausflug im Wagen
Planeten	Lose
pledern	hin- und herflattern; von Vögeln und Vaganten gebräuchlich
pomali	langsam, mit Überlegenheit in einer Angelegenheit vorgehen
Pomeranzen	Orangen
Powidl	Zwetschkenmus
Powidltatschkerl	Mehlspeise aus der böhmischen Küche
Prowanzeröl	Provenceröl
Rauber	Wucherer
Refmativisimus	Rheumatismus
riach an dem Boan	Drohung
Saumagen kadrillierter	Schimpfwort
schamber separeh	Chambre séparée
Schampus	Champagner
Schani	Jean, Kurzname für Johann
schelch	schief
schenieren	genieren; sich scheuen
Schupfen	Scheune
Spenadel, Spennadl	Stecknadel, Busennadel

Sperrsechserl	Obulus für den Hausmeister nach Torschluß
suzeln	saugen, meist: zuzeln
Strizzi	arbeitsscheues Subjekt
Traberzeugel, Zeugel	ein leichtes, meist einspänniges Fuhrwerk
Tschapperl	eine junge unerfahrene Frauensperson, auch: liebkosend für kindliches Wesen
Tschinellen	Becken (Musikinstrument)
Tschokalat	Schokolade
umanand	umher
urntlich	ordentlich
Urschel	Ursula, pejorativ
Urschulinerinnen	Ursulinen
Venedigermandeln	Sagenfiguren
Vocativus, Vokatifus	ein pfiffiger, schlauer Mensch
Vogelwerkel	Leierkasten
Wadelstutzen	Halbstrümpfe, die nur die Waden bedecken
Wettitant	Tante Wetti, Wetti von Babette, Barbara
wuzeln	rollen, drehen
Ziegenbemmerln	Ziegenkot
zuschanzen	zukommen lassen

INHALT

Reinhard P. Gruber
Aus dem Leben Hödlmosers

Ein steirischer Roman mit Regie
Mit Illustrationen von Pepsch Gottscheber

Ludwig Ganghofer meets Ernst Jandl. Hödlmoser, ein anachronistischer Held, nimmt die traditionellen Posen des Naturburschen ein: der Liebhaber, der Familienvater, der Bergsteiger, der Wilddieb, der Säufer, der Stammtisch-Politiker, der Raufbold, der Vatermörder, der Hahnrei. Die Komik entsteht durch das Auseinanderklaffen von Handlung und Sprache, und zwar in rauhen Mengen.

wenn die steiermark zerfällt, zerfällt österreich.

Ich muss bekennen, lange nicht einen so köstlichen Roman gelesen zu haben – köstlich vor allem, weil sein intellektueller Witz – heute selten – allgemein verständlich ist.

J. Schondorff, Münchner Merkur

156 Seiten
Format 125 x 205
Gebunden mit Schutzumschlag
€ 15,00 / SFr 27,40
ISBN 3-7017-1377-4

H. C. Artmann
Die Sonne war ein grünes Ei

Von der Erschaffung der Welt und ihren Dingen

Am Anfang war … – Was es war und wie es war, das zu berichten, ist anderen Büchern vorbehalten. Aber wie es gewesen sein könnte, uns das zu erzählen, ist niemand berufener als der Dichter dieser sagenhaft phantastischen Geschichten. Sie werden staunen, was Moses und Darwin uns alles verschwiegen haben!

Moses, drüben im Gelobten Land, und alle anderen »Urheber« eines Welterschaffungsepos werden lachen und verzeihen: H. C. Artmann, the famous Art-man, hat ihre Schöpfungsgeschichten umgeschrieben. So menschlich, wie's nur ein abgeklärter, in den Märchen und Mythen aller Völker aller Zeiten bewanderter Mann kann; und so göttlich wie ein spielendes Kind.

Die Presse

Er schoß auf einen fisch und traf einen vogel, denn im anfang war nur himmel und wasser, er brachte den vogel seiner frau, die baute aus seinen federn eine wiege, so entstand der erste sohn.

160 Seiten
Format 125 x 205
Gebunden mit Schutzumschlag
€ 15,00 / SFr 27,40
ISBN 3-7017-1373-1

Arnold Stadler

DER TOD UND ICH, WIR ZWEI

Roman

Aus dem Leben eines Taugenichts, Erbschleichers und Hasardeurs: Als Sternsinger, Erntehelfer und Model für Untergrößen schlägt sich Engelbert Hotz so recht und schlecht durchs Leben. Erst als ihn Onkel Henry an dessen siebzigstem Geburtstag der versammelten Runde als Universalerben vorstellt, schöpft er Hoffnung – »Für dich ist gesorgt«. Doch dann ist nicht einmal mehr Geld für die Sterbewäsche da …

Wieder ist alles ein Kuddelmuddel aus Tragödie und Komödie. Denn in den kuriosen Schießbudenfiguren rumort zugleich der Seelenschmerz. Und auf die Darstellung dieser Paradoxie versteht sich Arnold Stadler ausgezeichnet.

DIE ZEIT

Man sagte Ekbert oder Erhart, Eberhard oder gar Engelhard zu mir, statt Engelbert. Mir prägte sich diese Welt dadurch ein, daß sie jene war, die mich nie recht wahrgenommen hat …

224 Seiten
Format 125 x 205
Gebunden mit Schutzumschlag
€ 15,00 / SFr 27,40
ISBN 3-7017-1401-0